Aoi & Matsunaga
「愛を誓って転生しました」

Chara

愛を誓って転生しました

火崎　勇

キャラ文庫

この作品はフィクションです。
実在の人物・団体・事件などにはいっさい関係ありません。

目次

愛を誓って転生しました

口絵・本文イラスト／ミドリノエバ

やり直すなら素敵な恋を

ああ、これは悲しい場面だ。

身体を支えられながら石段を上る『私』を感じながらそう思った。

鼻孔に、焦げ臭い匂《にお》いが届く。遠く鬨《とき》の声が聞こえる。

もうだめだということは自分でもよくわかっていた。

それでも、守ってくれる手があるから必死で階段を上り続けた。

上りきったところには、湖に突き出したバルコニーがある。けれど、その先には、もう進む道はない。

けれど戻る道もない。

あと少しというところで躓《つまず》くと、支えてくれていた手が私を抱き上げた。

上りきったところに広がる景色。

遠い山々と眼下に広がる湖。

美しい私の国。

「おろして、グレン」

「エルミーナ様」

「もういいの。これ以上向かう先はないのだもの」

微笑《ほほえ》みながら見上げると、ずっと支えてくれていた相手も悲しげに微笑んだ。

黒い髪に青い瞳の騎士。私の愛《いと》しい人。

「ずっと側にいてね？」

「離れるわけがありません」

もう、誰も咎《とが》める人はいないから、彼は私を強く抱き締めてくれた。

この腕に抱かれる度にドキドキしていたけれど、今はその温かさに落ち着きを取り戻す。彼が一緒にいてくれれば、何も怖くないと思えた。

「最期まで？」

「その先まで」

風が吹いて、私の長い白金の髪が乱れると、大きな手がそれを整えて頬《ほお》に触れる。

零《こぼ》れる涙を拭《ぬぐ》うように、彼は頬に口づけた。

「その先？」

「たとえ、この世で結ばれることがなかったとしても、生まれ変わってもう一度あなたを見つけだします。そして今度こそ、あなたを幸せにします」

「グレン……」

見つめ合い、口づけを交わそうとした時、第三者の声が響いた。

「そんな夢を語るよりも姫はこちらに渡してもらおうか」

ハッとしてそちらを見ると、飾りのついた鎧《よろい》を着た男と、剣を構えた一団がなだれ込んできた。

銀色の剣が、針のように私達に向けられる。

「王は死んだ。エルミーナ姫、あなたは私のものだ」

名前を呼ばれ、私はグレンに身を寄せた。それが気に障ったのだろう、相手は声を荒らげた。

「こちらへ来い！　あなただけは助けてやる！」

「お前に姫は渡さない！」

グレンが剣を抜いた。

「ハッ！　たった一人で我々に勝てると思っているのか？」

「グレン、もういいわ」

「ほうら、姫の方がよくわかっている」

私の言葉の意味を取り違えて、彼は笑った。

「あなたと逝きたい。私を連れて行って。最期の先へ」

「エルミーナ様」

右手で剣を構えたまま左手が私を強く抱く。

「あなたを愛しています。生まれ変わって、必ずあなたを捜し出しもう一度この腕に抱きましょう」

二人で後ずさる。

「待て！」

剣を投げ捨て、グレンは両腕でしっかりと私を抱き締めると、そのまま背後へ飛んだ。

落ちてゆく中、交わされる口づけ。

愛している。

ただその想いだけが胸いっぱいに広がり、視界が白く灼《や》けた。

「愛しています」

最後に聞こえたのは、彼のその一言だった……。


開けた目に映るのは、自分のワンルームのマンションの部屋。

湖も、剣も、騎士もいない。

現代の、ありふれた独身男性の部屋だ。

「今日のは辛《つら》いヤツだったなぁ……」

呟《つぶや》いて涙の零れた目を拭う。

俺の名前は『蒼井《あおい》未来《みらい》』、決して『エルミーナ姫』ではない。もちろん姫願望もない。

だが、数年前から、まるで連続ドラマを切れ切れに見せられるように、同じ続きものの夢を見ていた。

俺は湖のほとりにある小さな国の王女、エルミーナ姫。

プラチナブロンドの美しい姫だ。

周辺は大国に囲まれているが、穏やかに暮らしていた。

彼女の美しさは格別で、国内の貴族や周辺国の王子からも迫られていたが、彼女の心は近衛の隊長のグレンにあった。

彼は貴族としての地位は低く、王女の相手として認められないだろうと思われた。だから彼女の恋心は彼女の心の中だけに秘められていた。

けれど、隣国の王子、さっきの夢で最後に出てきた悪役王子オルーバスが彼女に強引に迫った時、グレンが助けに入り、そのグレンに抱き着いてしまったことであのオルーバス王子にも、グレンにも気持ちが知られてしまった。

当然といえば当然だがグレンも彼女が好きで、めでたく両想いとなった。

けれどやはり二人とも結婚は諦《あきら》めていて、見つめ合ったり手を握る程度のお付き合い。

そこへオルーバスから正式に求婚があり、争うように他の国の王子からも求婚の使者が訪れる。

それはエルミーナ姫が魅力的だったから。……だけではなく、国内で金の大きな鉱脈が見つかったからだ。

エルミーナ姫は一人っ子、ただ一人の王位継承者なので、結婚してしまえば彼女を嫁に迎えても、婿に入ったとしても、金は自分のものになる、と考えたのだろう。

父親である王様は彼女にどうしたいかと尋ねた。

そこでエルミーナは自分がグレンを愛していることを告げ、彼以外の人に嫁ぐのならば誰でもいい。むしろ国を守るために一生独身でもいいと答えた。

セオリー通りだと、ここで一番の大国に嫁がせるべきなのだろうが、何と王様は彼女とグレンとの結婚を許可してくれたのだ。

他国に乗っ取られるくらいなら、身分が低くても優秀な騎士を王にして、自国を存続させようと思ったのかもしれない。

正式に、国の内外に婚約を発表した十日後、オルーバスは軍を率いて攻め入ってきた。

プロポーズを断られた上、相手は自分の暴挙を止めた男。二人が結婚すれば国も手に入らない。そういうのが全《すべ》て一緒になって、可愛《かわい》さ余って憎さ百倍になったのだろう。

今日見た夢は、城に攻め入られた最後の場面だ。

このシーンを夢に見たのは二度目だった。

今もそうだが、夢の中で『エルミーナ』になっていたので、悲しくて、悲しくて、涙が止まらなかった。

もしかしたら、俺は本当に『エルミーナ』の生まれ変わりなのかもしれない。

だとしたら、グレンも可哀想に。

プラチナブロンドに青い瞳の、華奢《きゃしゃ》で美人なお姫様が、どこにでもいるような男になってるんだから。

……いや、容姿は一応悪くはないだろう。

俺はベッドから下りて洗面所へ向かった。

顔を洗って、化粧水をつけてから鏡に自分の顔を映してチェックする。

髭《ひげ》の生えない体質なので、肌はすべすべ、顎《あご》は細く、目は二重で大きい方だと思う。

男なのに化粧水をつけたり、顔のチェックをするのは、俺がナルシストだからではない。

今時はこの程度当たり前だし、職業柄身だしなみに気を付けなければならないからだ。

俺の職場は、紳士淑女が集う一流ホテル、ホテル・ロワイヤルのカフェ、グロリアのウエイターなのだ。

ウエイターと言っても、失礼ながらそこらのカフェのバイトとは違う。

来客には外国人も多いので、英会話は必須。マナーの教習もしっかり受けて、服装も立ち居振る舞いも厳しくチェックされる。

誇りの持てる職業だと思っている。

朝食を作りながら、また夢のことを考えた。

今日のは悲しい夢だったけれど、楽しい夢を見ることもあった。

エルミーナ姫がグレンに恋をしている頃とか、婚約が認められた頃なんかは、恋する乙女のドキドキ感を存分に味わえた。

ありがたいことに、姫は慎ましやかなので、無闇にグレンとキスしたり抱き合ったりしなかった。

いくら夢の中では女の子だとはいえ、流石《さすが》に見知らぬ男性とそういうことをするのは遠慮したい。

けれど、誰かを愛して、好きになるという感覚は、悪いものではなかった。

特に今は、彼女の気持ちがよくわかる、と言ってもいい。

何故なら、自分も今恋をしていたから。

しかも、彼女と同じように、なかなか奥ゆかしい恋をしている、……と思っている。

過去、女性と付き合ったことはあった。

中学や高校は、クラブ活動に夢中で恋愛とは縁遠かったが、大学の時には彼女がいた。

その時には、キスもしたし、その先も経験した。結局は就職活動中に自然消滅してしまったけれど。

以後、大学を卒業して二年間ずっとシングルだった。

でも今の恋愛は、付き合って一カ月になるけれど、まだキスもしていない。

ただ一緒にいるだけで胸がドキドキして、何だか照れてしまうという、正にお姫様の恋愛と一緒。彼女が騎士のグレンの姿を見かけるだけで胸をときめかせていたのとシンクロしてしまう。

相手が、黒髪の騎士のような、一流の男性だからかもしれない。

そう、今の俺の恋の相手は、松永竜一《まつながりゅういち》さんという男性だった。

自分はゲイではない。

少なくとも一カ月前まではそう思っていた。

松永さんは、カフェに来るお客様だった。

平日は、ほぼ毎日のように朝食を食べに来ていて、すぐに顔を覚えた。彼が、とても目立つ存在だった、ということもあるだろう。

背の高い、しっかりとした体格にピッタリの高級スーツ。鼻梁《びりょう》の通った彫りの深い精悍《せいかん》な顔立ち。端的に言うと、モデルばりのイケメンだったから。

常連のお客様については、ご迷惑にならない程度に声掛けするものなので、俺も挨拶《あいさつ》を交わすようになった。

カードで会計をするから、すぐに名前がわかったので、『松永様』と名前を呼ぶようになった。

モーニングのセットで、飲み物はコーヒー、ジュースはトマト、卵料理はほぼオムレツを選ぶことを覚えた。

会社が近くにあるので、出社前にここで朝食を済ませること。窓際の一番隅の席で普通の新聞と英字新聞に目を通すこと。

午後に来る時には仕事の相手らしい方と、中央のソファ席を選ぶこと。その時にはエスプレッソを選ぶことなども覚えた。

そうして半年ほどが過ぎた頃、マネージャーから俺が松永様の専属に付くように命じられた。

「蒼井くんが気に入ったらしいから、よく接客するようにね」

松永様は宿泊でもご利用のあるお客様で、『昴《すばる》』という不動産会社の社長。不動産会社、というと駅前にある不動産屋を思い出すが、『昴』は海外の物件なども扱うワンランク上の不動産会社らしい。

しかも二世ではなく、三十代で億単位の商談をまとめる凄《すご》い人だ。

ホテルにとっても上客なので、仕事中であっても話しかけられたらお客様が心ゆくまで相手するようにとも言われた。

松永様は洗練されていて、会話も楽しく、心遣いのある方で、もうあの夢を見ていた俺としては、こんな人があの騎士の生まれ変わりなんじゃないだろうか、と考えたこともあった。

そのせいか、彼といる時はちょっと緊張していた。

そうして更に半年近くが過ぎたある日、彼が立ち去った席にスマホが忘れられているのに気づいた。

「お届けしてきます」

とマネージャーに声を掛けて彼を追いかけてゆくと、松永様はロビー前のラウンジの隅の席にいた。

「松永様、お忘れ物ですよ」

と声を掛けると、彼は長いため息をついた。

「松永様？」

「忘れたんじゃない。わざと置いたんだ」

「失礼いたしました。お戻りになるおつもりでしたか」

席をキープするために置いていったのかと思って謝罪した。

「そうじゃない。君が届けてくれるのを期待したんだ」

「はい？」

「君と、個人的な話がしたくて、店から引っ張り出したかったんだよ」

「……はい。何か御用でしょうか？」

何か注意を受けるのだろうか？　マネージャーの前ではマイナスになるから、わざわざ外で注意しようと？

だがそうではなかった。

松永様は、真剣な顔でこう言った。

「君と、個人的に付き合いたい、と申し込みたい」

「え？」

スマホを差し出した格好のまま止まってしまった俺の手から、彼がスマホを受け取る。

「ずっと、君と接していて、蒼井くんに好意を抱いた。もしよかったら、私と個人的に付き合ってくれないだろうか？」

真っすぐに見つめられ、胸がドキドキした。

でも、俺も、松永様も男だ。

付き合うっていうのは、俺が想像してしまったようなことじゃないよな？

「友人として、ということでしょうか？」

と答えると、彼は苦笑した。

「うん、まあ、最初はそれでもいいよ」

「それでもって言うことは……」

「蒼井くんはまだ仕事中だろう？　込み入った話になるから別に時間を取ってくれないかな？　仕事が終わるまで待つから」

「え……、あの……」

「まずは、ケータイの番号を交換してもらえるだろうか？」

「あ、はい」

友達は最初？　込み入った話？　個人的？　頭がぐるぐるして、思わず自分のスマホを取り出して番号を交換してしまった。

「仕事、何時に終わる？」

「五時です」

「じゃその頃に待ち合わせしよう。ホテル内だと問題があるかもしれないから、近くにある喫茶店でいいかな？　メダムって喫茶店を知ってるかい？」

「はい」

「じゃ、そこで五時半でいいかな？」

「はい」

「ありがとう。それじゃ、また後で」

松永様はそう言うと立ち上がり、出入り口へ向かった。

ここにいたのは、俺を待っていたからだったのか。

お客様と個人的に親しくなるのは、禁止じゃなかったよな？　マネージャーからも、松永様は丁重に接客するように言われてるし。

勤務時間外だから接客にはならないけど、時間外ならプライベートだから何をしてもいいわけだし。

今思い出しても、あの時はパニクッてたなぁ。

その後、仕事はちゃんとこなしたが、記憶は飛んでいた。

そわそわして仕事終わりには真っすぐホテル近くの喫茶店に向かった。

メダムというのは、ホテルから少し離れたところにポツンと建つ古い喫茶店で、コーヒーの専門店だ。

広い店内は十分なスペースが取られたボックス席と長いカウンター席があり、カウンターの後ろにはガラスの扉の中で管理されたコーヒー豆が並んでいる。

立地的には客の多い場所ではないのだが、この豆だけを買いに遠方からも客が来るし、うちのホテルのお客様にも評判のいい店だ。

約束は五時半だったが、十分も早く店についてしまった。

すると、そこには既に松永様の姿があった。

彼は俺を見つけると、手を挙げて笑った。

「よかった、来てくれるかどうか不安だったんだ」

もしかして、からかわれているのではないかと思っていた。俺が、彼を憧《あこが》れの目で見ていたことに気づいて、笑い物にしようとしているのではないか、という考えも過《よぎ》った。

けれど、安堵《あんど》した彼の表情を見た時、真剣なのだとわかった。

そう思うと、それまでそわそわしていた気持ちがストンと落ち着いた。

彼が、真面目《まじめ》に話をするのなら、自分も話をしよう。

想像していることや、想像以外の話題が出ても、ちゃんと話をしよう、と。

「お待たせしました？」

「いや、勝手に早く来ていただけだから。まずオーダーするといい」

「はい。ではコロンビアを」

俺のオーダーが届くまでは、他愛のない会話だったが、カップが置かれると、彼は居住まいを正した。

「さて、本題に入っていいかな？」

「はい」

「さっきも言ったが、私は君と個人的な付き合いをしたいと思っている。最初は友達からでもいいから、こうして勤務時間外に会ってくれないだろうか？」

「その前に、一つ伺ってよろしいですか？」

「何だい？」

「どうして、私なんでしょう？　接点といえば、店での会話ぐらいしかなかったのに」

「君にとってはそうだろう。だが私は店にいる間、ずっと君を見ることができた。私に対する接客態度もよかったが、他の客に対しても細かい気遣いのある人間だと思った。客がいない時も、いつも真っすぐに立っていて、真面目なんだなと思った」

「お褒めいただいて……」

見られていた、という事実にちょっと照れてしまう。

「そのうち、あそこで君を見るのが楽しみになった。それで君を専属にしてもらいたいと願いでたんだ」

マネージャーからの命令だと思っていたが、彼の希望だったのか。

「頻繁に言葉を交わすようになったら、益々君が好きになってしまった。だが、私が知っているのは、仕事中の君だけだ。君が笑顔を見せてくれるのは、客の私に対してなのかもしれない。そう思うと、プライベートの蒼井くんが知りたくなった」

「私など、大した人間ではありませんよ」

「それはまだわからない。もっと好きになってしまうかもしれないし、なかったことにしてくれと言うかもしれない。だが、今は……。正直に言おう。蒼井くんが好きだから、恋人に名乗りを上げたい」

「え……」

恋人って言った……？

驚いた声を上げてしまうと、彼はすぐに言葉を続けた。

「もちろん、これは私の勝手な感情だから、蒼井くんが気にしなくてもいい。男同士ではそういうことは無理だというなら、今のことは聞かなかったことにしてもいい。気まずいなら私の専属も外してもらうように言おう。けれどもし可能性があるなら、私と恋愛を前提にお付き合いしてくれないだろうか？」

松永様と恋愛を前提にお付き合い。

男性との恋愛。

俺は……、この人と恋愛する？

何と答えていいのか、困って口を噤《つぐ》んでいる間、彼は黙って俺を見つめていた。

沈黙は、五分ぐらい続いただろうか？　それでも彼は急《せ》かしたりしなかった。

「私は……、男性を恋愛対象として考えたことはありません」

「……そうか」

松永様はため息をついて肩を落とした。

「だから、これから考えてみます」

落としかけた視線がまた俺に向けられる。

「私も松永様のことはよくわからないので、まずは友人としてのお付き合いから、ということでよろしいでしょうか？」

「もちろんだ！」

思わず大きな声になってしまったことを恥じるように、彼が小さく咳払《せきばら》いをする。

「ありがとう。人目がなければ抱き締めたいくらいだよ」

「それはまだ困ります」

「では、この後に時間があれば食事はどうだ？　食事だけで終える、と誓う」

「そんな誓わなくても、お食事ぐらい」

「本当に？　じゃちょっと待ってくれ。いいところがあるから予約を入れる」

そう言ってスマホを取り出した。

これが一カ月前のことだ。

それから、店ではお客様とウエイター。

時々言葉を交わして、仕事終わりに食事をしたり、先日はお酒にも誘われた。

その時に手を握られたけれど、彼はずっと紳士的だった。

手を握られた時、自分も彼をそういう意味で意識していることを自覚した。

もう、恋愛はしている。

彼に触れられたい。触れられると嬉《うれ》しい。ドキドキして、緊張する。自分も彼に触れてみたい。

キス、してみたい。

きっと、もう少し時間が経《た》てば、俺は彼の気持ちを受け入れるだろう。

ただ今まで生きてきた常識というもののせいで最後の一歩が踏み出せないだけ。

もし、紳士的な彼が強引に出たら……、拒まないかもしれない。

「俺が姫で、松永さんがグレンだったら凄いんだけどな」

ただ、自分はお姫様ほどウブではないな、と失笑した。


マンションの部屋を一歩出ると、もうロマンチックな夢は終わり。

ここからは現実の現代だ。

電車に乗ってホテルへ向かい、控室で制服に着替える。

カフェ・グロリアのウエイターの制服は、グレイのベストに黒のスーツ。これを着ると背筋も伸びるし、三割増しでカッコよくなると思う。

ちなみに、ウエイトレスは黒のミディ丈のワンピースに白いエプロン、頭にはホワイトプリムと呼ばれるカチューシャを付けたメイドスタイルだ。

そしてマネージャーだけがスーツではなく燕尾《えんび》服。

着替えを済ませると、厨房《ちゅうぼう》で簡単なミーティング。

特に注意事項がなければ挨拶程度で終わるが、特別なお客様がいらっしゃる時や、イベントがある時はもっと長くなる。

ミーティングが終わると、各自がポジションにつく。

女性達は入口で待機、男性達はテーブルを回って不備がないかどうかをチェックする。

カフェ・グロリアは、入口近くから階段を少し下りる半地下になっていて、天井は二階までの吹き抜け。正面は全面ガラス張りで、内庭が見えるようになっている。

入口は小さいが中に入るととても開放的な空間だ。

壁際の席、ガラス張りの窓際の席は四人掛けのテーブル席、フロアの中央には大きなソファの置かれたゆったりとした席が三つある。

ソファ席は、詰めて座れば結構な人数が座れるだろう。

その席の間を回って、異常がないことを確認したら、男性陣も入口の奥で待機する。

先週までは、ケーキフェアをやっていたので女性客が多かったが、今週は何のイベントもないので、客は少ないだろう。

八時になると、開店だ。

ホテルカフェにしては早い開店時間なのは、朝食のセットを提供するから。

ルームサービスの朝食をオーダーし忘れ、朝オーダーすると用意に時間がかかるので、ここで朝食を摂るお客様。部屋ではなく、庭を眺めて朝食を摂りたいお客様。主に宿泊客が中心だ。

もちろん、外から朝食を摂りにいらっしゃるお客様もいる。

松永さんもその一人だ。

彼が来るのは、いつも八時半頃。

庭を眺める奥の席が定位置なので、予約席のプレートを置いて確保しておく。

「いらっしゃいませ」

いつものように、彼の姿が見えると、俺が近づいてその席へ案内する。

「本日もいつものでよろしいですか?」

「ああ」

「卵料理は何になさいます?」

「オムレツで、マッシュルームを入れてくれ」

「かしこまりました」

オーダーを受け、いったん下がって厨房に通してから、新聞と英字新聞を持って彼の元に戻る。

「どうぞ」

新聞をテーブルの端に置くと、彼は笑顔を向けてくれた。

「ああ、ありがとう」

俺も微笑み返す。

「今日はごゆっくりですか?」

「ああ。会議が遅いからね」

「でしたら、朝食の後にデザートはいかがですか?」

「オススメがあるかい？」

「さっき見たらイチゴのいいのが入ってました。美味しそうでしたよ」

「それじゃ、後でもらおうかな」

会話は短いけれど、毎日顔を合わせられるというだけでも嬉しい。

オーダーの食事が出来上がると、それをまた届けて少し言葉を交わし、テーブルを離れる。

食事の最中は近づかない。

彼の食事が終わるまでは他のお客様の対応。とはいえ、朝はお客様が少ないので、待機の時間の方が多いが。

オススメのフルーツを出して、食べ終えた食事を片付け、コーヒーのおかわりをサーブしながらまた少し会話する。

「今日は仕事終わりにメダムでゆっくりしようと思ってるんだ。待ち合わせの相手が来てくれると嬉しいんだが」

と言うのはお誘いの言葉。

「きっといらっしゃると思いますよ」

答えると、彼は嬉しそうな顔をした。

「そうか。では来るまで待つことにするよ」

店の中では誰が聞いているかわからないので、こんな風に暗号のような会話をする。

それがまた秘密めいていて、ちょっと楽しい。

直接的な言葉を交わせるのは、彼のお会計が済んで立ち去るほんの一瞬。お見送りのために店から少し出た時だけ。

「また五時半でいいかい？」

「はい。必ず行きます」

そして彼の後ろ姿を見送り店の中に戻る。

ところが、店に戻ろうと踵《きびす》を返した時、突然肩を摑《つか》まれた。

「エルミーナ……」

驚いて振り向くと、そこには見知らぬ男性が立っていた。

「あの……」

「エルミーナだ。そうだろう？　ああ、やっと会えた」

何故その名前を口にしているのだろう。それはあの夢の姫の名前と同じだ。

「思い出せないのか？　私だ、グレンだよ。生まれ変わって、ずっと君を捜していた」

「え？」

グレン？　あの騎士？

「今度こそ、君は私のものだ」

グレンと名乗った男性は俺に抱き着こうとした。

だが、背後から戻ってきた松永さんがその男の腕を摑んで止めてくれた。

「何をしてるんだ」

怒気を孕《はら》んだ松永さんの声。

「何だお前は？」

男は松永さんを睨《にら》みつけた。

「そっちこそ。何のつもりだ」

「これは私と彼女の問題だ。関係ないなら引っ込んでてもらおう」

「彼女？　蒼井くんのどこが女性に見えるんだ」

「蒼井？　ああ、今は蒼井という名前なのか」

「彼から離れなさい」

「君に何の権利があってそんなことを。……お前は何者だ」

男は構えるように松永さんを睨んだ。

「ただの客だが、彼の知り合いだ。君が何者だかわからないが、彼に迷惑をかけているのがわからないのか」

「迷惑？」

「彼の仕事場で騒ぎを起こせば迷惑になるとわからないのか」

言ってる間に、騒ぎを聞き付けたマネージャーが出てきた。

「お客様、何かございましたでしょうか?」

男はマネージャーを見て、俺を見た。

「彼はこの店の店員か?」

「店の者が失礼を?」

「いや、そうじゃない。彼と話がしたいんだ。少し借りてもいいかな?」

マネージャーが俺を見たので、俺は首を振った。

「申し訳ございません。彼は勤務中ですので。そのご要望にはお応えできかねます」

「では何時に仕事が終わる?」

「いい加減にしたまえ」

松永さんが声を荒らげた。

「蒼井くん、お知り合いではないのだね?」

「違います」

マネージャーの質問にはそう答えたが、頭の中は軽くパニックだった。

この人は、どうして夢の中の姫の名前を知っているのだろう。何故あの騎士の名前を名乗るのだろう。もしかして、本当に……?

「お客様、大変申し訳ございませんが、勤務中に私事で職場を離れることはできません。お話があるのでしたら、仕事が終わるまでお待ちいただけますか?」

男の顔がパッと明るくなった。

「待つとも」

「では、安全のために私も同席する」

松永さんの言葉に、俺は頷《うなず》いた。

「ありがとうございます、松永様。よろしければ是非」

縋《すが》るように見つめると、彼は大きく頷いた。

「わかった。では終わる頃に迎えにこよう。ああ、私が怪しい者ではないことを伝えなくてはな」

男はまだ腕を掴んでいた松永さんの手を振り払い、ポケットから名刺入れを取り出し、中の一枚を手渡してきた。

「栗山《くりやま》……渡《わたる》様？」

栗山氏は身分を証明するかのように、マネージャーにも、松永さんにも名刺を渡した。

「蒼井くん？」

「あ、はい」

「すまなかったね、騒がせて。君に会えたのが嬉しくて、つい興奮してしまった。時間を取ってくれるなら、ゆっくりと話そう。話せばきっと君もわかってくれる。いや、もうわかっているんだろう？」

真っすぐに見つめてくる眼。

本当に彼はグレンの生まれ変わりなのか?

「それでは、私は五時に仕事が終わりますので、近くにあるメダムという喫茶店でお話を伺います。五時半にそちらで、でよろしいですか?」

「いいとも。では五時半にまた」

栗山さんはまた俺に近づこうとし、松永さんに肩を摑まれて引き留められた。

「もう戻りなさい。君も話はついたのだからもういいだろう」

松永さんの言葉に、マネージャーが俺に目配せして一緒に店の中に戻った。

外に残した二人は気になるが、今は離れた方がいいだろう。

「栗山様、か……。蒼井くん、本当に知り合いじゃないんだね?」

中に戻ると、マネージャーが訊《き》いてきた。

「はい。初対面です。どうやら誰かと間違えてるようなので、会って話をすれば解決すると思います」

「それならいいが。まあ、松永様が間に入ってくださるようだから、松永様に迷惑がかからないようにするんだよ」

「はい」

「私はフロントに栗山様のことを確認してみよう。うちの顧客かもしれないし」

マネージャーがそう言うのは、渡された名刺にある彼の肩書が『代表取締役』とあるからだろう。

夢と現実が交錯するなんて、本当にあることなのだろうか？

でもあの名前を知っていて、俺をエルミーナと呼ぶ理由があるだろうか？

「蒼井くん、お客様」

考えることは山ほどあるが、棚上げしておかなくては。

「いらっしゃいませ、お二人様でございますか？　お席へご案内いたします」

今はまだ、仕事中だから。


五時に早番の仕事は終わる。

カフェ自体は夜にお酒を提供することもあって、十時まで営業するのだが、俺はここで終わりだ。

「くれぐれも気を付けるんだよ」

送り出すマネージャーがそう言ったのは、俺の身を心配するのもあるだろうが、同席する人間が上客の松永さんだということと、フロントに問い合わせてみたら栗山さんも当ホテルの利用客であることが判明したからだろう。

しかも、栗山さんが社長を務める『クレリード』という会社は小さくなかった。大きい、というほどではないが、流行のゲーム会社で、これからの伸びしろがある。パーティでの宴会場使用もあったようなので、将来の上客となるかもしれない。

つまり、上客二人、どっちの機嫌も損ねず、迷惑をかけず、くれぐれも気を付けて話し合いをするように、と言いたいのだろう。

私服に着替えて約束の時間ギリギリにメダムへ向かう。

松永さんとの待ち合わせの時には、待ち合わせが何時であっても早めに向かうようにしていたのだが、早く到着して万が一栗山さんだけがいたらと思うと今回は足が重い。

いつもは胸をときめかせて開ける喫茶店の扉も、重く感じた。

カウンターから離れたボックス席、二人は既に来ていて、向かい合わせに座っていた。

俺は迷わず、松永さんの隣に座る。

「遅くなりました」

まずは二人に軽く頭を下げる。

「いや、時間通りだよ」

と言ったのは栗山さんだ。

さっきは驚いてしまってよく見なかったが、こうして見ると彼も松永さんに劣らずイケメン

の部類だな。

ただ、髪は茶に染めてるし、着ているスーツもバーガンディーという少し派手な色で、落ち着いた紳士然とした松永さんと比べると、ちょっとチャラい印象だ。

「さて、それじゃ早速話に入ろうか」

「蒼井くん、先にオーダーしなさい」

松永さんの言葉に、栗山さんは開きかけた口を閉じた。

「すいません、ヴァテマラで」

けれど、栗山さんはコーヒーが届く前に再び口を開いた。

「蒼井くん、だったね。君は覚えていないか？　君の前世はエルミーナというお姫様だった。小さな国の王女だった」

「突拍子もないことを」

小さく呟いた松永さんを、栗山さんが睨みつける。

「君は黙っていてくれ。今は、私と蒼井くんが話をしているところだ」

注意され、松永さんは肩を竦《すく》めた。

「蒼井くん、いや、エルミーナ。君はそこでグレンという騎士と恋に落ちて婚約までした。だが結婚を前に隣国に攻め入られて命を落とした。グレンと、生まれ変わって今度こそ結ばれようと誓って。私がそのグレンなんだ。約束通り、君を見つけることができたんだ。今度こそ、私と幸せになろう。幸せにさせてくれ」

「くだらない妄想だ。見てわかる通り、蒼井くんは男性だろう」

「今は、な。だが男性でも気にはしない。彼は私の愛する人に違いはない」

「彼は蒼井くんだ。エルミーナなどという女性ではない。彼を見ずに彼を好きと言うのは蒼井くんに対して失礼だろう。妄想を語りたいなら、小説でも書いたらどうだ？」

「君には関係ないことに首を突っ込むな」

「関係ないのは君だろう」

　二人の様子が険悪になったので、俺も口を挟んだ。

「落ち着いてください。ケンカをするためではなく、話し合いに来たんですから」

「蒼井くん。さっきから黙っているが、君は覚えていないのか？　もし覚えていないなら改めて君に交際を申し込む」

「覚えているわけが……」

「松永さん」

　俺は彼の腕に手をかけ、言葉を止めた。

「覚えているというわけではありませんが、栗山さんが言ってるような夢は見たことがあります」

「前世の記憶だ！　夢ではないよ」

「それはわかりません。もしかしたら、私達は昔同じ小説や漫画を読んで、同じ夢を見ているだけかも」

「いいや、あの夢を見たなら君にもわかるはずだ。あの現実感。リアルな感情。夢などという言葉では片付けられないだろう?」

確かに。

自分だってもしかしたら自分はエルミーナ姫の生まれ変わりかと考えたことがあった。

「そう……、ですね。荒唐無稽《こうとうむけい》な話ですが、可能性がないとは言えません」

「蒼井くん」

「そうだとも、君はエルミーナだ」

松永さんは慌てて、栗山さんは喜んで、二人がそれぞれの表情で身を乗り出す。

「私はエルミーナ姫の生まれ変わりかもしれません。ですが、私は蒼井未来という普通の男性です。私がエルミーナであなたが恋人のグレンだったとしても、今の私が今日初めて出会ったあなたを愛することはできません」

これで断ったつもりだったのだが、栗山さんは引かなかった。

「ではお互いもっと知り合ったら?」

「私は男ですよ?」

「今の世の中、男同士なんて大した問題じゃないさ」

それを言われると頭から否定することができない。何せ、今自分の恋愛相手が男性なのだから。

「私はあなたと付き合うつもりはありません、と言ったんですよ？」

「今は、だろう？　これから君に愛されるように努力する。私の愛は真実だとわかってもらうために努力する。だから、考えてみて欲しい、私との恋愛を」

彼が、真剣に言っているのは伝わった。

本当に、栗山さんは自分をグレンだと思っていて、生まれ変わった恋人を愛しているのだろう。

『たとえ、この世で結ばれることがなかったとしても、生まれ変わってもう一度あなたを見つけだします。そして今度こそ、あなたを幸せにします』

あの時の言葉のように。

グレン……。

夢の中、自分を見つめた彼の青い瞳が頭を過る。

「くだらない。もう与太話は終わりだ。蒼井くんは答えを出したんだ、もうこんな話に付き合う必要はない」

松永さんはそう言うと、俺の手を取って立ち上がらせた。

「松永さん」

「行こう」

テーブルの上に金を置き、彼が俺の背中を押す。

勢いに押され、俺も席を離れた。

「すみません、栗山さん。失礼します」

「蒼井くん。私は諦めないからね。今度こそ、君と幸せになる」

栗山さんを店に残し外へ出ると、松永さんはすぐにタクシーを拾って俺を乗り込ませ、走り出した。

困惑しながらも抵抗しなかったのは、こんな強引な松永さんは初めてだったからだ。

酷《ひど》く怒っている彼の横顔に、何も言えなかった。

まるで、自分が悪いことをしてしまったようで。


タクシーが到着したのは、見たこともない高級マンションの前だった。

タクシー代を払って、無言で降りる彼の後について、自分も車から降りる。

「松永さん……」

何も言ってくれないことが不安で声を掛けると、彼は背中を向けたまま謝罪した。

「すまなかった。強引だったな」

よかった。

怒っているわけではないようだ。

「お茶でも飲んで行かないか？　私の部屋に招待するよ」

やっと振り向いた彼の顔には笑みが浮かんでいる。

「はい」

松永さんがお金持ちだというのは、想像していた。毎日ホテルで朝食を摂るくらいだもの。

だが実際は、俺の想像以上だった。

エントランスから入ったマンションの一階は広いホールのようで、そこを横切って乗ったエレベーターにはキーをかざすと指定の階のランプが灯《とも》るセキュリティのよさ。

扉が開くと、そこには玄関が一つだけ。

つまり、ワンフロアに一室、ということだ。

「どうぞ」

と開けてもらったドアの中は、大理石の玄関に長く続く通路。

高級ホテルに引けを取らないどころか、こちらの方が豪華なんじゃないだろうか。

通されたリビングには黒のレザーのソファが、街を見下ろす巨大な窓に向かって据えられている。

「座っててくれ」

と言われても、何となく落ち着かない。

松永さんだけを見て、彼を好きだと思っていたけれど、こんなに凄い人と自分は釣り合わないんじゃないか、と思ってしまう。

壁にかかっている絵は、有名な作家のリトグラフ。セッティングされたオーディオも一流品で、さりげなく四隅に置かれているスピーカーは、コンサートなんかに使われてるメーカーのものだ。

以前、広い部屋にものが多く置かれてるのは成り金で、広いスペースを楽しんでるのが本当の金持ちだと聞いたことがある。

それは真理かも。

スタイリッシュな部屋には無駄なものがなく、少ない家具は一級品。それが統一性をもって空間を美しく構築している。

「どうぞ」

ぼんやりと部屋を眺めていた俺の前に、湯気を立てるカップが差し出される。

「ありがとうございます」

「隣でもいいかい？」

「あ、はい。もちろん」

カップを受け取った俺の隣に、彼が座る。

「無理やり連れ出して悪かったかな」

「いいえ。もう話は終わってましたし……」

「あの話……、真面目に受け取ったのか？」

「え？」

「生まれ変わりの話」

言われると少し恥ずかしくなる。

「信じてるわけではないんですが……、確かに同じ夢を見てました。俺は……、あ、いえ、私は」

「俺でいいよ。普段はそう言ってるんだね？」

「でもお客様の前で……」

「私はお客様じゃないだろう？　それとも、まだお客様でしかないのかな？」

その言葉に少し緊張する。

「いいえ、違います。店以外ではお客様ではないと思ってます」

「よかった」

カップをテーブルに置いて、彼の手がさりげなく俺の腰に回される。

抱くというほどではなく添えられただけなのに、意識してしまう。

「俺……は、何年か前から同じ夢を見てました」

彼を『お客様』と思っていない、という意思表示のために、『俺』という一人称で話し始めた。

「同じ夢っていうか、連続もののドラマを、順番メチャクチャに見せられてるみたいな感じで……」

俺は、正直に全てを話した。

小さな国、湖のほとりの城、大切に育てられた姫としての生活。

エルミーナという名の姫はやがて騎士に恋をして、婚約して、城を攻められてその騎士と共に湖に身を投げたことを。

松永さんは、笑わなかった。

真剣に聞いてくれた。

だから、つい言ってしまった。あの言葉を。

「最後に、身を投げ出す前にグレンは言ったんです。『たとえ、この世で結ばれることがなかったとしても、生まれ変わってもう一度あなたを見つけだします。そして今度こそ、あなたを幸せにします』って。あの時に抱き締められたのも、キスされたのも、夢とは思えないほどリアルだったから……。もしかして本当に生まれ変わりなのかなって考えたことも……」

「そんなものは夢だ」

「夢だとはわかってます。ただもしも本当だったら、栗山さんはずっと姫を捜し求めていたのかなって」

彼が、どんな気持ちで俺の話を聞いていたのかを、読み誤った。

「捜し求めていたらどうするんだ？」

抑揚のない低い声。

「松永さん？」

「姫になって、あの男に応えるつもりなのか？」

彼の腕が俺の肩を掴んで自分の方に向かせた。

「君はエルミーナなんて姫じゃない。蒼井未来という男性だと自分で言っただろう」

「え……、ええ、それは……」

「あの男が求めるのは夢の中の姫だ。だが私は君を愛してる。真面目に仕事をしている、今現在の君を愛してる。生まれ変わりだったとしても、前世を踏襲して生きるなんて、生まれ変わった意味がないだろう」

真剣な眼差《まなざ》し。

「松永さん」

「抱き締められたのもキスされたのも夢だ。現実じゃない。現実は……」

彼が、俺を引き寄せて抱き締める。

「現実の君を愛しているのは私だ！」

そしていきなり口づけられた。

強く押し当てられる唇。

求めるように入り込む舌。

感情をぶつけるような激しいキス。

抵抗はしなかった。

逃げることもしなかった。

ずっと礼儀正しく接してくれていた彼が、夢の中の騎士や栗山さんに嫉妬《しっと》して、行動を起こしてくれたことが嬉しいと思う気持ちがあったから。

彼が黙って俺の話を聞いてくれていたのは、真摯《しんし》に耳を傾けてくれていたのではなく、夢とはいえ俺が語る他人との恋愛の話に苛立《いらだ》つのを耐えていたのだと、この時初めて気づいた。

「ン……」

息苦しくって、小さな声を漏らした途端、ハッとしたように彼が身体を離した。

「……すまない」

申し訳なさそうな顔。

「ついカッとなって、蒼井くんの意思を無視した行為を……」

一瞬にして興奮から醒《さ》めたのだろう。抱き締めていた腕も離れる。

失礼だとは思うが、シベリアンハスキーが反省してるみたいに見えて、口元が緩んでしまった。

「嫌ではなかったです」

免罪符となる言葉をあげると、項垂《うなだ》れていた顔が上がる。

「俺ももういい大人ですし、松永さんとは……遠からずこのくらいのことはするかもって思ってましたから」

「それは、私を恋人と思ってくれている、と受け取っていいのかな?」

『恋人』と言われるとまだ気恥ずかしくて、『はい』とは言えなかった。

「俺としては……、グレンが松永さんだったらいいな、と思ってました」

代わりにそう言ってみる。言ってる顔が熱くなってるので、『恋』と言ってるも同然なんだけど。

「私は松永竜一だ。君が蒼井未来であるように、夢も過去も関係ない。だがその言葉は嬉しいよ」

喜んでくれるかと思ったが、彼の声にそれは感じなかった。怒っているわけでもなさそうだけれど。

「それじゃ、松永竜一として、もう一度君にキスしていいかな?」

これは適当な言葉でごまかすことのできない要請だ。

「……はい」

と答えるしかない。

「顔を上げて」

松永さんの顔が近づいてくる。

黒い瞳。これはグレンではなく松永さんだ、と思いながら恥ずかしくて目を閉じる。

キスぐらいしたことはあるが、自分がする時にはこんな恥ずかしさはなかった。される方になると、唇が重なるまでの間が照れ臭い。

こちらの様子を窺《うかが》うように軽く触れる。俺がおとなしく受けていると、彼はゆっくりと腕を回して俺を抱き、深いキスに変えた。

さっきは無理やりこじ開けられた唇を、自分から開いて彼の舌を迎える。

俺からも、彼の背にそっと手を回した。

長い、キスだった。

もっと、もっと、と求めてくる彼の気持ちが伝わるようなキスだった。

それを受け取ることが、言葉で『好き』というよりも、自分の気持ちを伝えられる気がして、俺もずっと応え続けた。

「……ダメだ」

やっと離れた後、松永さんが呟く。

「これ以上すると、我慢ができなくなる」

その先がわかるから、手を離す。

「それは……、まだ……」

「あ、いや。そういうつもりじゃ……。いや、もう遠慮している状況じゃないな。はっきりと言っておく。私は蒼井くんが欲しい。君を抱くことを考えている。もちろん、君の意思は尊重するが。私に下心があることは認識しておいて欲しい」

率直な言葉。

この人はいつも正直に気持ちを伝えてくれる。

だったら、俺も正直な気持ちを伝えなければ。

「そういうことは考えてました。この年になったら、恋愛ってそういうものだってわかってます。だからまだ『恋人』ってはっきり言えなくて……。恋人なら、待ってって言えないでしょう……？」

「それは、恋人になったら君を求めていいということだね？」

そんなに嬉しそうな顔をしないでください。今すぐにOKを出してるわけじゃないんですから。

「それは……、まあ……、いいんじゃないかと思います……」

満面の笑みを浮かべる松永さんに、こっちが照れてしまう。

「では、友達以上恋人未満というところかな？　この立場ではどこまで許してもらえるのかな？」

「……攻めてきますね」

「知っておきたいだけさ。嫌われたくないから」

「今許してることまではいいです」

「そうか」

彼は言いながら俺の手を握った。これはいいんだろう？　という顔をしながら。

「では、これからのことを話そうか」

「これから？」

浮かれてちょっとにやけていた彼の顔が一瞬にして引き締まる。

「あの栗山という男のことだ。さっきの様子では、あれで諦めたとは思えない。きっとまた君の前に姿を見せるだろう」

「俺もそう思います」

「私が今の恋人だ、ということにして突っぱねてもいいんだが……」

「いいえ、それはよくないと思います」

「どうして？」

「松永さんに迷惑がかかるかもしれませんし、俺が男性を恋愛対象として受け入れていると知られると、それなら自分もと言い出すかもしれません」

「私に迷惑がかかることは考えなくていい。自分の愛する人を他の人に取られたくないと思って行動するのは当然だからね。だがあの男に付け入る隙《すき》を与えるのは不本意だな」

「仕事中であれば、それを理由に断ることはできます。プライベートでは付き合うつもりはありません。ですから、松永さんが気にするほどのことはないと思います」

栗山さんがグレンなら、礼儀正しく接してくれるだろう。その名前を口にすると、また松永さんが不機嫌になりそうだから言わないけれど。

「わかった。では恋人だからと言うのは止めよう。まだ恋人ではないしね。だが私は私として、あの男に対応する」

「松永さんが？」

「君をホテルカフェの従業員としても気に入っている。私の大切な接客係だ。そこにおかしなことを言う男がからんできたら、警戒するのは当然だ。これは私の考えだから、君の意見は聞かないよ」

強引な。

でも、少し嬉しい。

そこまで俺のことを考えてくれてるのだ、と思えて。

「そうだ。君にここの合鍵《あいかぎ》を渡しておこう」

「え？　そんな……」

「もしあの男が君を追い回したら、家まで付け回されるかもしれないだろう？　ここをシェルター代わりに使えばいい。ここならセキュリティも安心だ」

「でも」

「私が安心したいから、だ。蒼井くんなら、私がいない時に来て勝手に入って使ってくれてもいいんだよ？」

「家主がいない時に勝手に入るなんてことはしません」

「そういう君だから、安心して渡せるんだ。部屋に戻った時に君がいてくれたら、嬉しいサプライズなんだけどね」

彼は手を離して立ち上がり、奥の部屋から本当に合鍵をもって戻ってきた。

俺の部屋の鍵とは違う、ディンプルキー。

「お守りだ」

俺の手にそれを載せて、彼は笑った。

「さ、夕食がまだだろう。食べに行こう。その後で家まで送るよ」

何もかも、松永さんのペースだ。

こんな立派な部屋の合鍵を受け取るなんて、責任が重過ぎる。なのにはっきり断ることができない。

彼が、プライベートに自分を招いてくれることが嬉しくて、信用されたことが嬉しくて。

お守りというより、彼の気持ちの証《あかし》みたいで。

「ありがとうございます」

それがとても嬉しくて。


彼の車でマンションを出て、一緒に夕食を摂った後、俺のマンションまで送ってもらった。

部屋に上がってもらうべきかどうか、少し悩んだが、彼の素晴らしい部屋を見た後、自分のワンルームの部屋を見せるのが恥ずかしくて、そこで別れてしまった。

女の子だったら、きっと部屋へ上げたんだろうな。ここで見栄を張るのは、俺が男だからなのだろう。

部屋に入り、風呂に浸かりながら、今日のことを思い返した。

グレン……。

自分の頭の中に、心の中に、グレンとエルミーナの恋物語はある。

エルミーナは、本当に心からグレンを愛していた。

その気持ちはわかる。

でも俺自身は、栗山さんを見ても何とも思わなかった。

それは既に松永さんに恋してたからだろうか？

もしも、順番が逆だったら……。

先に栗山さんが現れて、自分はグレンだ、自分の恋人になってくれ、と言ってきたらどうしていたのだろう？

そうだったのか、では今世こそ一緒になりましょう、二人で幸せになりましょう、と言っただろうか？

わからない。

自分は夢としか思っていなかったが、彼は自分がグレンだと信じていた。

ということは、グレンとして、必死にエルミーナを捜していたのではないだろうか？

本当に生まれ変わっているかどうかわからない恋人を捜す。それはどんなに辛い日々だっただろう。

それが事実でも、思い込みでも、幸せな人生だったとは思えない。

彼には彼の事情があるのかもしれない。それを思うと、あまり邪険にはできないな。

「もう少しちゃんと話を聞けばよかったかな……」

そんなことを考えながら、ベッドに入った。

そして翌日。

いつものように支度をしてホテルへ向かう。

制服に着替えて、ミーティングをして、フロアに出る。

開店して、お客様を迎えて、訪れた松永さんを窓際の席に案内する。

「おはよう」

「おはようございます。本日の卵料理はどういたしますか？」

いつもの日常。

彼と微笑みながら言葉を交わし、時間がきたら彼を送り出す。

何事もなく時間が過ぎていたが、ピークのランチタイムが終わり、客の少ないアイドルタイムになると、彼が現れた。

栗山さんだ。

昨日と違って、シックなスーツに身を包んだ彼は、礼儀正しく声を掛けてきた。

「こんにちは」

店を訪れれば客だ。

「いらっしゃいませ。お席にご案内いたします」

俺は、マネージャーの目が届くところがいいか、会話を聞かれないところがいいか。少し悩んで入口から離れた奥の席へ案内した。

「メニューをどうぞ」

「少し、いいかな」

「仕事中ですので」

「客の話し相手をするのも、接客の一部だろう?」

「……何でしょう」

彼はメニューを開いてオーダーを悩んでいるようなポーズを取った。

「昨夜、部屋に戻ってから反省してね。謝りたかったんだ。迷惑をかけてすまなかった。君の仕事場で、君の立場を悪くするような行動をしてしまった」

素直に謝られて、戸惑った。

「いえ、謝られるほどのことではございません。どうぞお気になさらないでください」

「よかった。そう言ってもらえてほっとした。アイリッシュコーヒーを頼む。君が運んでくれるね? その時に、また少し話がしたい。ほんの少しでいい」

「……かしこまりました」

オーダーを受けて戻ると、マネージャーも彼を覚えていたのだろう、声をかけられた。

「昨日のお客様だろう? 大丈夫かい?」

「謝罪にいらしてくださったみたいです。少し話をしたいと言われたのですが、よろしいでしょうか?」

「トラブルにならないなら、問題はないが。本当に平気かい?」

「何かあったら合図します。栗山様は当ホテルのお客様ですから、誠意はみせませんと」

「そうだな。だが理不尽なご機嫌取りは必要ないからね」

「ありがとうございます」

マネージャーの心遣いに感謝し、オーダーのコーヒーを栗山さんの下《もと》へ運ぶ。

「お待たせいたしました。アイリッシュコーヒーです」

「ありがとう。座ることは……？」

「いたしかねます」

「だな。仕事中だものな」

そう言って笑った顔は、親しみのもてる顔だった。

松永さんは彫りの深い凛々《りり》しい顔立ちだが、栗山さんは一重ですっきりとした印象だ。そのせいで、無表情だったり、睨んだりすると酷薄な印象になるのだろう。

いつも笑顔でいればいいのに。

「もう一度、君と話がしたいんだ。時間を取ってもらえないだろうか？」

「もうお話しすることはありません」

「君は、私がグレンだと認めてくれるんだろう？」

「あなたがそう思ってらっしゃるのだとは、認めています」

「あの時の誓いも覚えている」

「夢で見ただけです」

「私は君を愛してる。君が欲しい」

「そのようなことをおっしゃるなら、会話は終わりです。私はあなたを愛してません」

立ち去ろうとすると、彼は慌てて懇願した。

「待ってくれ。もう一度、もう一度だけでいい、話をさせてくれ。君だってわかっているはずだ。あれはただの夢ではないと」

それを言われると返事に困る。

「今度こそ、私と幸せになりたいと思わないか？」

「もう行きます」

「仕事終わりに待っている。君が私に警戒心があるのなら、この間の店でも、ここでも、君の指定する場所で話をしよう。だから時間を作ってくれ、頼む」

「少し……、考えさせてください」

俺は一礼して彼から離れた。

どうしよう。

会わないほうがいいというのはわかってる。

わかっているけれど、夢が真実で、彼がグレンだったら……。その切なさがわかってしまうのもまた事実だ。

愛していた。

愛し合っていた。

彼と一緒なら、死ぬのも怖くないと思うほどに。今この瞬間でさえ、エルミーナに同調すると胸が詰まるほどの愛しさが湧く。

でも今の俺はエルミーナではないのだ。

この現代においては、俺が好きなのは栗山さんではなく、松永さんだ。

グレンを愛していても、栗山さんは愛していない。そう思うのは、俺が薄情だからなのか。

必死に懇願した栗山さんの声が耳に残る。

『今度こそ、私と幸せになりたいと思わないか？』

結ばれなかった恋を成就させたいという願い。

『仕事終わりに待っている。君が私に警戒心があるのなら、この間の店でも、ここでも、君の指定する場所で話をしよう。だから時間を作ってくれ、頼む』

愛せないのに、彼の願いを切り捨てていいのだろうか？

せめて話だけでも聞いてあげるべきなのではないのだろうか？

悩んで、考えて、俺は心を決めた。

カップを下げに、栗山さんのテーブルに向かう。

「カップをお下げします」

カップが空になっているのを確認して、カップに手を伸ばすと、その手を栗山さんが捕らえた。

「離してください」

女の子ではないので、それくらいで慌てることはしないが、注意はした。

「話をしたいんだ」

「わかりましたから、手を離してください」

と言うと、彼はすぐに手を離してくれた。

「わかった、ということは、話す時間を作ってくれるのかな?」

「はい」

「ああ、エルミーナ。ありがとう」

満面の笑み。

話をする、と言っただけなのに、本当に嬉しそうだ。

「それじゃ、今夜?」

「いいえ。私は木曜がお休みなので、来週の木曜に。時間と場所は、お名刺にあったメールアドレスに後程連絡させていただきます」

「わかった」

「その代わりと言っては何ですが、もう店でこのことは話題にしないでください。お客様としていらっしゃるのはかまいませんが、転生だの姫だのという会話を他の方に聞かれては、問題があります。もちろん、『愛してる』などという言葉も止めてください」

「了解した。君の立場を危うくするような言動は謹んで欲しい、ということだね」

彼の返事に、ほっとした。

話せばわかってくれる人なんだ、と。

そうだな。グレンは礼儀正しい騎士だった。最初の時の暴走は、再会を喜んでのことだったのだろう。

「お客としての会話は許されるんだね？」

「もちろんです」

「では君のオススメの食事を教えてくれないか？　お腹が空いてきた」

「でしたら、ビーフカツレツサンドなどがボリュームがあってよろしいかと。軽目がよければモッフルとサラダのセットなどが」

「モッフル？」

「お餅《もち》で作ったワッフルです」

「へえ、珍しそうだが、ビーフのカツサンドにしよう。腹ペコだからね」

彼の笑顔につられて、俺も微笑む。

「ああ、やっと笑ってくれた。営業スマイルでも嬉しいな」

悪い人ではないのだろう。

「では、すぐにご用意いたします」

俺は軽く会釈し、キッチンへ戻った。

オーダーを通してから、ずっとこちらを窺っていたマネージャーに、話が付いたことを報告する。

「カタがつきました。もう普通のお客様として接していいと思います」

「本当に？」

「はい。それじゃ、ラウンド行ってきます」

テーブルチェックのためにフロアへ出る俺を、マネージャーはまだ心配そうな顔で見ていた。

だが栗山さんは特に何もすることなく、別のウエイターが運んだビーフカツレツサンドを美味しそうに食べ、会計の時には昨日は失礼したとマネージャーに謝罪している声も聞こえた。

「知り合いにそっくりでね。蒼井くんだっけ？　迷惑かけてしまったな。お詫《わ》びにこれからは彼に給仕をお願いするよ。懐かしい友人と会ってる気分になるしね」

如才がないというか、弁が立つというか。

そう言われれば、これから彼が俺を指名しても変に思われないだろう。

……困ったことに。

まあ仕方がない。客として来るくらいは我慢しよう。

これで少なくとも来週の木曜までは、平穏に過ごせるだろう。

と思っていたのだが……。


「どうしてそんな約束をしたんだ」

その日の夜。

食事の誘いに応えて松永さんと会ったので、今日の顚末《てんまつ》を話した途端、彼は不機嫌になってしまった。

奢《おご》られるのは嫌だからと選んだ、ワリカンでも負担の少ないリーズナブルなイタリアンレストラン。

窓際の席で向かい合って座り、白ワインなどいただいていい気分になったので、今日栗山さんが来て……、と話をした。

最初は普通に聞いていたのだが、それで来週の木曜に会って話をすることにしました、と言った途端、怒られてしまった。

「無視し続ければいいだろう。関係のない人間なんだから」

「でも、無視している間は店に来てあの話をされると思ったんです。それは困ってしまうので、どこかではっきり決着をつけないと、と思って」

彼は納得しかねるという顔でワインを呷《あお》った。

「決着、ということはもう会わない、と伝えるつもりかい？」

「ホテルのお客様ですから、それは無理かと。でも彼の恋人にはなれませんし、転生の話を真に受けるつもりはないとは言うつもりです」

「それならもう言っただろう」

「でも栗山さんは納得してないようですから。彼が、あの夢を真実だと思っていて、ずっと恋人を捜していたのだとしたら、無視とか、否定するのは可哀想かと……」

「くだらない妄想に付き合う必要はない、と言いたいが。そこが蒼井くんのいいところなんだろうな」

彼が大きなため息をついたところで、料理が運ばれてきた。

彼はサルティンボッカ、俺はスカンピのパスタだ。メニューに書かれた価格は倍近く彼の方が高かった。

彼はあの部屋を見てもわかるように大金持ちだが、俺の選んだ料理に『そんな安いもの』とは言わないし、奢りたいとは言うけれど無理にそれを通そうとはしない。

俺には俺のスタンスがある、とわかってくれているのだ。

そういうところも、好きだった。

「そのことについて、一つお願いがあるのですが……」

「蒼井くんからのお願い？　初めてだな。何でも言ってごらん」

「来週の木曜、ホテルの部屋を取っていただけないでしょうか、松永さんの名前で」

「それは……、私が期待していいことかな？」

　言われて、誤解を招く表現だったと気づいた。

「申し訳ありません。そういう意味ではありません」

「なんだ」

　残念そうな口ぶりだけど、本人だってそうじゃないのはわかってるはずだ。これは彼のおちゃめと受け取ろう。

「栗山さんと話をするとなると、どうしても騎士だの姫だのという会話になると思います。そして恐らく『愛してる』だの『幸せになろう』という単語も出てくるかと」

「あり得るな」

　あ、また不機嫌な顔。

「それを他の人に聞かれたくないんです。俺の部屋へ呼ぶのは論外ですし、彼の家を訪れるのも考えられません」

「当然だ」

「だからといって、どこの店を選んでも、店の人に聞かれるでしょう」

「個室なら大丈夫じゃないのか?」

「残念ですが、お客様達が思ってらっしゃるより、そういう会話は筒抜けです。料亭みたいに『近づくな』という指定ができる店以外は。でもそうなるとまた彼と二人きりになるということですから遠慮したくて。ですから、ホテルの部屋が一番いいのでは、と考えたんです。お店にあなたを呼び出すと、どうしてあなたが同席するのか、と言われてしまいますが、松永さんに部屋をとっていただけば、便宜を図ってくださった方だから同席していただく、という理由ができます」

「私になら、もう既に話の内容を聞かれているから、同席を頼めたのだ、とも言えるな。そのことは栗山には伝えたのか?」

「いいえ、まだです。厚かましいお願いですから、松永さんがお断わりになる、という可能性もありましたし」

「そんなわけないだろう。蒼井くんが私を頼ってくれたのが嬉しいくらいだ。それに、君からの初めてのおねだりだからね。心して用意させてもらうさ」

「いえ、一室であれば十分なので、スタンダードシングルで」

うちのホテルなら、スタンダードシングルでも結構な値段になるだろう。

平日で安くなるとはいえ、その代金を俺が支払うのはなかなか辛い。

「何を言ってるんだ。私が使う部屋だ、私の好きにさせてもらう」

「でも……」

「話し合いの後で私が使えば問題はないだろう？　心配しなくても、私なら会社の経費で落とせる。君が代金を支払う心配はしなくていい」

こちらの考えを読んだ言葉に苦笑する。

「それって、経費になるんですか？」

「ホテルで打ち合わせというのはよくするからね。海外のお客様との商談は会社よりもその方がゆっくりできる。特に契約だと、さっき君が言ったように他人に邪魔されないいい場所だ」

なるほど。

「ではこの話はここで終わりにしよう。せっかく蒼井くんとデートしてるのに、他の男のことばかりが話題ではつまらない。君の話が聞きたいな」

目の前でイケメンに微笑まれると、むず痒《がゆ》くなる。

「俺の話なんて、何にもありませんよ」

「知りたいことはいっぱいあるんだ」

「俺なんかの何が知りたいんです？」

「そうだな。たとえば、今度の休みの予定は決まってるかい？」

「いいえ、特には」

「確か休みは木曜と日曜だったね？」

「はい」

「じゃ、今日は水曜だから今週なら、明日も日曜も空いてるってことかな？」

「明日は空いてますが、日曜は出勤です」

「どうして？」

「来週の木曜に話し合いをした後、一日休ませてもらおうと思って、変更をお願いしたんです。きっと疲れるだろうと思って」

「ああ、そうか」

彼は、何だか悪い顔で笑った。

こういう顔は初めて見るな。

「じゃ、明日は暇なんだ？」

「掃除とか洗濯ですね」

「それはどうしても明日じゃなきゃダメかい？」

「ダメっていうわけじゃないですけど、溜《た》めると後で面倒なので」

きっと松永さんなら、ハウスキーパーを頼んだり、クリーニングに出したりするんだろうな。

「わからないかなぁ」

「何がですか？」

「私は今、君を誘ってるつもりなんだけど」

「あ」

　言われて顔が熱くなる。

「気づいてくれたなら、改めて申し込もう。明日、私とデートしないか？」

「でも……、平日ですよ？　お仕事は？」

「一日くらい有休を使うさ。他の日は真面目に働いているんだから」

「社長にも有休はあるんですか？」

「もちろんあるさ。まあ、本当だったら、今夜から私の部屋に泊まりにこないか、と誘いたいくらいだが、それはまだダメなんだろう？」

　ウインクされてしまった。

　ウインクが様になる人なんて、初めてだ。

　そして自分がウインクに照れるのも、初めて知った。

「急に大胆になりましたね」

　泊まるということが何を示しているのかわかるから、さりげなく話題を逸《そ》らす。

　すると彼は急に真面目な顔になった。

「わからないかな。ライバルが現れて必死なんだ」

「またそんな」

　俺は笑ったが、彼は笑わなかった。

「本気さ。蒼井くんは魅力的だ。私以外にも君に惹《ひ》かれる人間はいるだろう。ましてやライバルと君には共通の秘密がある」

「秘密だなんて……」

「私はその夢を見ていない。見たくもないが」

きつい言い方をしてから、それに気づいて、ごまかすようにワインに手を伸ばす。

本当に、嫉妬してくれてるんだ。

「デートって、何をするんです？」

「ずっと食事かお酒を飲みに行くデートばかりだったからな。ドライブなんかどうだい？」

「いいですね」

「ということは、デートしてくれるっていうことかな？」

窺うような視線。

「はい。洗濯は今晩中に済ませることにします」

「そうか。では、明日迎えに行こう」

彼はそう言って、少し中身の残ったグラスを傾けて差し出した。

乾杯を求めているのだと気づいて、自分も空っぽになったグラスを差し出し、カチンと合わせた。

「もう一本頼むかい？」

「明日がありますから」

「そうだな。楽しみは明日にとっておこう」

その言葉通り、この夜は食事が終わると、タクシーでマンションの前まで送ってくれて、そこでお別れだった。

「明日、九時に迎えに来る。今夜は部屋の番号も教えてくれるね？」

先日送ってもらった時も、マンションの前までだった。でももう部屋を教えてもいいだろう。この人ならば、突然来るなんてこともないだろうから。

「……二〇二です」

「では、明日は部屋まで迎えに行こう」

その言葉に頷いて、俺はタクシーを見送った。

食事ではなく、本当のデート。

どんどん恋人になってゆく気がする。

今回の騒動が終わったら、今度は彼との恋愛について真剣に答えを出さなくては。

結果はわかっているのだけれど。わかっているだけに躊躇《ちゅうちょ》がある。松永さんを好きだけれど、やっぱりその先にはセックスというハードルがある。

男同士でそういうことになると、体格からいって自分が女役になるのだろう。

そこがどうしても、踏み切れない最後の一歩だった。

翌日、約束の時間ぴったりに松永《まつなが》さんは迎えに来た。

いつもスーツ姿しか見ていなかったので、現れた彼のラフな姿は新鮮だった。

グレイのTシャツに黒いレザーのブルゾン、スキニーの黒のパンツ。正にファッション雑誌のモデルそのものだ。

なのに、松永さんは俺を見て目を細めた。

「私服が可愛《かわい》くて、惚《ほ》れ直しそうだ」

「……口が上手い。俺の私服なんて、いつも見てるじゃないですか」

仕事場ではスーツだけれど、帰りは私服なのだから。

「だが今日はちょっとお洒落《しゃれ》にしてくれてるんじゃないのかい？」

指摘されて、恥ずかしくなった。

その通りだったから。

昨夜、洗濯している間中、ワードローブの中身をぶち撒《ま》けて頭を悩ませていたのだ。

写真をプリントしたTシャツにデニムは普通だが、ランタンシルエットの腰まですっぽり隠れる大きめのジャンパータイプのブルゾンを選んだのは、可愛く見えるかもというあざとい考えからだ。

それを見透かされたようで、恥ずかしくなったのだ。

「部屋、覗《のぞ》いてもいい？」

「ダメです。早く行きましょう」

「残念」

戸口に立つ彼を押し出して、外に出る。

「今日はどこへ行くんですか？」

「ベタだけど、海へ行こうかと思ってる」

「まだ四月ですよ？」

「だから人がいなくてゆっくりできると思ってね。海、嫌いかい？」

「いいえ、久しぶりで楽しみです」

「それじゃ、行こうか」

彼の車に乗って、都心を走り出す。

いい男というのは、何をしてもカッコイイと思う。ただ運転しているだけなのに、見てるとうっとりしてしまう。

「蒼井《あおい》くんは、車はもってないんだろう？」

「免許をもってませんし、維持費もかかりますから」

「それじゃ、これからも買わなくていいよ。必要な時には私が車を出してあげるから」

もう……。甘い言葉が上手いんだから。

「松永さんって、プレイボーイなんじゃないですか？」

「ええ？　どうして」

「言うことが甘いです。言い慣れてるんでしょう」

「そんなことはないさ。女性と付き合ったことがないとは言わないが、口説くのは男女含めて蒼井くんが初めてだ」

「それって、口説かなくても相手が寄ってくるって言ってます？」

「いや、そんなことは……。ただ本気になるほどの相手と出会わなかったってことだ。ひょっとしたら、ゲイだったから女性にあまり興味が湧かなかったのかも」

「ゲイなんですか？」

「男の君が好きなんだからそうなるだろう？　だが、蒼井くんは違うんだよな」

「そうとは限りません。松永さんのことが好きですから」

「……運転中でなければ、抱き締めたくなるセリフだ」

狭い車内。

触れ合うこともなく、他愛のない会話を続ける。

それだけでもとても楽しい。

出会った頃よりフランクに話してくれる彼に親しみを感じるし、それでもちゃんと礼儀正しいところに好感ももてる。

ハンサムで、お金持ちで、スマートで、優しい。こんな素敵な人が自分を好きだと言ってくれるなんて未だに信じられない。

でも、俺が松永さんを好きな理由は、そういうカッコイイところではない。

いや、カッコイイところにも惹《ひ》かれてはいるのだけれど。

松永さんは、いつも誠実だった。

真っすぐに俺に向き合ってくれている。

その人柄に惹かれたのだ。

そして一緒にいればいるほど、想像していた彼とは違う一面が見えて、余計に惹かれてしまうのだ。

お客様として松永さんを見ていた時は、完全無欠な紳士だと思っていた。穏やかで、大人で、落ち着いていて。

子供っぽいところがあったり、ヤキモチを焼いたり、情熱的だったりするなんて思わなかった。でもそんな一面を知ってしまうと、偶像のような憧《あこが》れの人に人間味を感じて、より好きになってしまった。

会話をしているだけで、隣にいるだけで、気持ちが高揚する。

都内を抜けて湘南《しょうなん》の海へ到着する頃には、もうすっかり恋人モードだった。

「歩こうか」

駐車場に車を停めて、海岸に下りる。

海だ。

水平線を見るなんて、本当に何年振りだろう。

海から吹く風はまだ冷たく、砂浜に人影はなかった。遠くに大型犬を散歩させている老人の姿が見えるくらいだ。

波の音を聞いているだけで、どうしてこんなにワクワクするのだろう。

「靴に砂が入るな」

「革靴なんだから、濡《ぬ》らさないようにした方がいいですよ」

「いっそ、脱ぐか」

松永さんは靴も靴下も脱いで手に持った。

「蒼井くんも、脱いだ方が気持ちいいぞ」

子供みたいに笑う顔が眩《まぶ》しい。

俺もスニーカーと靴下を脱いで、彼に倣った。

素足に感じる砂の感触。

「波打ち際まで行こう」

「待ってください」

「靴はここに置いておこう」

「濡れますよ」

「それもいいさ」

楽しい。

楽しい。

ただ波打ち際を歩いているだけなのに。ズボンの裾を捲《まく》って、寄せる波から逃げたり、逃げ切れずに足を濡らしたりするだけで、声を上げて笑ってしまう。

いい年をした大人なのに。

海を堪能《たんのう》してから、足についた砂を落として靴を履き、江ノ電に乗って江ノ島《えのしま》へ向かう。

電車を降りたらまた徒歩で大橋を渡って島に入る。

「レストランに予約を入れようかと思ったんだが、昼食はいきあたりばったりのほうが楽しいかと思ってね。どこかいいところがあったら入ろう」

土産物屋を覗きながら、途中で見かけたシラス丼の文字に惹かれて食堂に入り、シラス丼と小さなサザエの壺《つぼ》焼きを食べた。

それから更に奥へ向かってエスカーという屋外エスカレーターに乗って、江島神社を通って、頂上まで行き、江の島シーキャンドルと呼ばれる展望台や、サムエル・コッキング苑の庭園を散策し、島の裏側にある稚児ヶ淵《ちごがふち》を回ってから大橋に戻る。

定番のデートコースだな、これは。

デート、という言葉を今更ながら嚙《か》み締めて、むず痒《がゆ》さを感じる。

「砂が落とし切れなかったのか、靴の中がジャリジャリするな」

松永さんは歩き辛そうに足元を見た。

「どこか足が洗える場所があればいいんですけど」

俺も、ずっと靴下の中に砂を感じていたが、言い出せなかったのだ。

「近くにうちの持ってる別荘があるからそこへ行こう」

「別荘?」

「取り扱い物件だよ。家具も何もないが、水道は出るはずだ」

と言うので、また電車に乗って駐車場まで戻り、再び車に乗って移動した。

「売り物だが、何かあったら休憩できるようにと思って合鍵は持ってきたんだ。屋内の水道は止めてあるだろうが、庭にある方は確か井戸から引いてるから使えるだろう」

「井戸ですか?」

「飲料用には許可されないが、今も井戸水を使うところは多いんだよ」

「へぇ」

案内された別荘は、海には近かったが、かなり古い建物だった。

庭には雑草が生えていたし、別荘というより空き家だ。

「ここが？」

「湘南地区は売れ筋なんだ。ここも既に七件の問い合わせがある。なので、来週中には他人の家だな」

正直、別荘へ行くと言われた時は、そこに連れ込まれて何かされるのでは、という警戒と期待があった。

だが、彼が合鍵を使って招いてくれた建物の中は、家具も何もない本当の空き家だった。

下心があるわけじゃなくて、本当に休憩に利用しようと思っただけだったのだ。

玄関先で靴と靴下を脱いで、庭の水道で足を洗う。タオルを持っていなかったので、二人で玄関のあがりがまちに座って乾かした。

何の音もしない、ゆったりとした時間。

さっきまで、海ではしゃいでいたのとは違う、静かな時間。これもまた楽しい。隣に彼がいるというだけで。

「キス、していいかい？」

ポツリ、と訊《き》かれて、黙って頷《うなず》く。

視線が合って、唇が近づき、キスした。

軽く触れただけのキスだった。

「幸せ、という言葉はとても抽象的だが、君にとっての幸せは何だろう?」

　突然訊かれて、答えに戸惑った。

「俺の?」

「私の望みはね、できることなら自分の手で蒼井くんを幸せにすることなんだ。私がずっと見つめていた青年がずっと笑っていてくれるように」

「俺はそんなに大層な人間じゃありません」

「私にとっては特別な人だ」

「それじゃ、俺があなたを幸せにしたいと言ったら?」

「簡単さ。恋人になってくれればいい」

　狡《ずる》い答えだ。

「でも、蒼井くんの幸せは私の恋人になることじゃないだろう? だから考える。どうしたらいいのか」

「俺は……」

　きっとあなたの恋人になれたら幸せだろう。こんなにも愛されて。自分だって、もうあなたを好きで、ここに来た時に『何か』されることを警戒しながら『期待』していたのだから。

　でも今それを口にはできなかった。

「まだ、毎日を生きるのに必死です。でも今、こうしているのは幸せだな、と思います」

「それはよかった」

答える彼の声は静かだった。

彼の望む答えではなかったのだとわかる。彼は、俺に『あなたの恋人になることが幸せです』と言って欲しかったに違いない。

その気持ちが透けて見えるけれど、押し付けたりはしない。彼の優しさに甘えている。

考え過ぎてるのかもしれない。恋人となっても、すぐに求められることはないのかもしれない。今、恋人になりますと言ったら、きっと満面の笑みを見せてくれるだろう。

その顔を見たい。

見たいけれど……。

俺は黙ったままでいた。この恋に真剣だから、簡単に『恋人になります』とは言えない。

「さて、そろそろ行こうか。混む前に都内に戻って夕飯にしよう」

「松永さん」

立ち上がろうとした彼の腕を取って引き留め、自分から彼の頬《ほお》にキスした。

「もう少しだけ、待ってください。もう少しだけ」

松永さんは黙って俺を抱き寄せた。

わかっている、というように。

わずかな罪悪感を抱きながら、十分に楽しんだデートから戻った夜。

俺はまた夢を見た。

華やかな王宮でのパーティ。

王女である自分は着飾って外国からの賓客の相手をしていた。

取り巻く他国の王族や貴族と会話を楽しみ、ダンスの相手をしながらも、目がグレンを探してしまう。

彼も、今日は式典用の青い礼服を着ていた。

今日は非番で、貴族の子息として出席しているのだろう。

凜々《りり》しいその姿に心をときめかせながらも、彼とダンスをすることは許されないだろうと落胆していた。

王女の自分と騎士であっても子爵でしかないグレン。どちらからもダンスを申し込むことのできない身分の差。

新しい音楽が始まる。彼が他の誰かと踊る姿は見たくなくて、疲れたからとそっと一人大広間を出た。

この会場に来ている各国の王族か、我が国の上位貴族の誰かと、いつか結婚しなくてはならないのだろう。

自由に恋をすることは、『たった一人の王女』には許されないことなのだと、とぼとぼと廊下を歩いている時、突然背後から腕を掴《つか》まれた。

「やあ、エルミーナ姫」

腕を掴んだのは、オルーバス王子だった。

無礼だと抵抗すると、彼は国のためを思うなら自分の言うことを聞くべきだと言った。

「ここには君の花婿候補が集まってるようだが、どれもこれも私に比べれば小物だ。我が国が一番強大な力がある」

「離してください」

「あなたは私の妻になるべきだ」

そして、彼が所謂《いわゆる》壁ドン状態で迫ってきた時、オルーバスの首に背後から鞘《さや》を付けたままの剣が当てられた。

「その手をお離しください、殿下。何をなさるおつもりです」

自分の視界は真っ青になった。

姫を守るために、グレンがオルーバスとの間に立ちはだかってくれたのだ。

「そこを退け。たかが騎士ふぜいが私の邪魔をするな！」

「どうぞ、落ち着かれてください。これ以上姫に危害を加えるつもりでしたら、人を呼ばねばなりません」

「私を罪人扱いするつもりか！」

「我が国において、我が姫に狼藉《ろうぜき》をはたらくのであれば、それは罪です」

「何だと！」

オルーバスは怒り、騒ぎ立てた。だがそのせいでグレンが呼ばなくても、大広間にいた数人の客が出てきた。

その人達の前で、オルーバスはグレンに切りかかり、受ける形でグレンも剣を抜く。金属の打ち合う音が数度響き、二人は組み合い、オルーバスが取り押さえられる。

一介の騎士が他国の王子を取り押さえるというのは無礼だが、先に剣を抜いたのはオルーバスの方だというのも、会話の内容から彼が姫に乱暴を働こうとして騒ぎになったことも皆が見ていた。

現れた人々の中には、姫との結婚を狙《ねら》う他国の王族もいて、彼等がオルーバスの暴挙を責め立てた。

「恥さらし」

「下劣な」

グレンは騎士ふぜいだが、さすがにその人々にはオルーバスも大きく出ることはできず、責める言葉を浴びせられ、彼は捨てゼリフと共に立ち去った。

「グレン……」

恐怖から泣き出した姫を、グレンは優しく手を添えて別室へ連れて行き、そこで初めて、彼は私を抱き締めてくれた。

姫も、彼の背に腕を回し、しがみつくようにしてその胸で泣いた。

「もう、大丈夫です。私が側《そば》におります」

好き、とは言われなかった。

好き、とは言わなかった。

ただ抱き合うだけ。

それでも、騒ぎを聞き付けた侍女がやってくるまでのほんの短い間の抱擁で、互いに相手をどう思っているか、どう思われているかに気づいてしまった。

結ばれないとわかっていても、愛している。

声に出せない言葉が胸を締め付ける。

こんなにも人を愛せることを、あなたが教えてくれた。全てを捨てても、この愛を告げてしまいたい。

見交わす視線が交わり、吸い寄せられるように顔が近づいた時、ノックの音が響いて二人は離れた。

「エルミーナ様！」

侍女達が入ってくると、グレンは後を彼女達に任せ、黙って部屋を出て行った。

恐怖ではなく、哀切で涙が零《こぼ》れた。

私達は許されないのだ。

こんなにも求めているのに。

こんなにもグレンを愛しているのに、と……。


目が覚めると、まだ窓の外は薄暗かった。

時計を見ると、四時半を示していた。

胸に残る『恋心』。

責められている気分だった。

こんなにも愛したのに、忘れてしまったのかとエルミーナ姫に言われている気分だった。

グレンを愛したでしょう?

彼を求めたでしょう?

この辛《つら》さの後に、皆に祝福されて、幸福を感じたでしょう?

叶《かな》わないと思っていた想いが通じた時の喜びを知っているでしょう?

最期の時に、生まれ変わって幸せになろうと誓ったでしょう？

なのに何故、グレンに応えないの、と。

確かに、夢の中の俺は恋を知っていた。

エルミーナは、グレンを愛していた。

淡い恋心から切ない愛情まで、俺はずっとその感覚を共有していた。

軽い恋愛しかしてこなかった自分にとって、その気持ちは貴《とうと》いほどに美しかった。

もしも俺が『自分はエルミーナだ』と自覚する時が来たら、どうなるのだろう。

今は松永さんの方が好きだけれど、やっぱり栗山《くりやま》さんを、グレンの方を愛していると思うようになるのだろうか？

今ここにある松永さんへの気持ちは消えてしまうのだろうか？

ベッドの中、困惑しつつ何度も寝返りを打って、再び眠りに落ちる。

今度は夢を見なかったが、寝なおしたせいで、少し寝坊した。

朝食を簡単にして家を飛び出し、ホテルへ向かう。

着替えてフロアに出て暫《しばら》くすると、いつものように松永さんが現れる。

彼の顔を見て、やっとほっとした。

自分の気持ちは彼にあると思えた。

同時に、彼の顔を見なければ落ち着かないほど心が揺れているのかと不安になった。

「おはよう」

「おはようございます」

「今日は卵は目玉焼きにしてくれ。カリカリベーコンを添えて」

「かしこまりました」

夢を見て不安になったことを悟られたくなくて、自分から会話を続ける。

「珍しいですね、オムレツじゃないのは」

それも姑息《こそく》な気がして自己嫌悪になる。

「今朝テレビでカリカリベーコンの画像が出てね、見てたら食べたくなったんだ」

そう答えた彼の顔が険しくなる。

「松永さん？」

「栗山だ」

彼の視線を追って振り向くと、丁度栗山さんが入ってきたところだった。

グレン……。

今朝の夢の映像が頭を過《よぎ》る。

グレンの顔を思い浮かべると、俺の中のエルミーナが胸を痛める。

「では、オーダーを通してまいります」

俺は松永さんの側を離れ、オーダーを通しに戻った。

キッチンにいつもと違うオーダーを告げていると、マネージャーが背後に立つ。

「蒼井くん、一応栗山さんに挨拶《あいさつ》してきなさい」

「挨拶、ですか？」

「問題を起こさないかどうかのチェックだ。変な態度を見せたら、合図しなさい。ここでずっと見ているから」

「わかりました」

マネージャーが見ているというのは諸刃《もろは》の剣だが、言われて栗山さんの方へ向かう。

「おはようございます」

「おはよう。昨日は休みだったんだね」

「はい」

「これ、もらってくれないかな」

栗山さんは、リボンのかかった箱を取り出してテーブルに置いた。

「先日のお詫《わ》びだ」

「その様なものは、受け取れません」

「お詫びだから」

「申し訳ございませんが、お客様からの金品の受け取りは禁止されております」

「そうか……。規則なら仕方がないな。せっかく君に似合いそうな時計だったのに」

中身は時計なのか。

「謝罪はしていただきました。もうこれ以上のことは」

「本当を言うと、謝罪じゃないんだ。君を喜ばせたかっただけなんだ。前の時には、何もしてあげられなかったから」

前の時、とは前世のことか。

「お気持ちだけで。嬉《うれ》しいです。オーダーの方は？」

「ああ、もう済ませた。だから、わざわざ君が挨拶に来てくれて嬉しいよ」

マネージャーに言われたから、なのだが……。それを言い出せない笑顔だ。

「残念だな。君には色々と贈り物をしたかったのに。欲しいものがあれば、何でも言ってくれれば贈れるんだよ？」

「ありがとうございます。もう、本当にお気持ちだけで。では、失礼します」

俺は一礼して、その場を離れた。

マネージャーのところへ戻り、「何もありませんでした」と報告する。

「うん、そのようだね。ではもう注意しておく必要はないな」

「多分」

気が重い。

どうして二人一緒に店を訪れるのだろう。まるで二人を比べてみろ、と言われてるみたいじゃないか。

どちらにも視線を向けられない。

料理が出来上がり、テーブルに着いている松永さんの方に運ぶ。その背中を、栗山さんに見られている気がして、顔が強《こわ》ばる。

松永さんの顔にも、笑みはなかった。

「お待たせいたしました」

「あの男、これから毎日来るつもりじゃないか？」

「お客様としていらっしゃる限り、歓迎しなくてはなりません」

望んではいないけれど、カフェの店員としては相手をしないわけにはいかないのだ、と暗に伝える。

「そうだな。ああ、新聞を頼む」

「失礼いたしました。すぐに」

いけない。いつもは彼が席に着く時にお渡しするのに。

混乱し、動揺している。

俺は……、誰なのだろう。

俺は誰を選ぶのだろう。

俺は、誰を愛しているのだろう。

答えはわかっているのに、心が揺れる。あんな夢のせいで。

いや、あの夢を否定することは、エルミーナとグレンの愛を否定することになる。あの切ない想いも。

二人が店を出て行くまで、俺はずっと緊張したままだった。

どちらにも上手く笑い掛けることはできず、ヘタな愛想笑いを浮かべるだけだった。

やっと彼等が帰ると今度は自己嫌悪の嵐。

それでも、何とか周囲に動揺を悟られることなく仕事は続けることができた。

長い、長い一日。

仕事を終えて、私服に着替え、従業員出口から外へ出て、いつものように駅へ向かおうとすると、突然声を掛けられた。

「蒼井くん」

ドキリとして足を止める。この声は……。

「栗山さん」

どうして……。

驚いていると、彼は近づいてきて、俺に花束を差し出した。

「迷惑なのはわかっているが、どうしても君にプレゼントがしたかったんだ。君が好きだったバラの花だ。これなら高価ではないし、気に入らなかったら捨ててくれていい」

「困ります」

「これだけでいい。私からのプレゼントを受け取って欲しい」

そう言って彼は俺に花束を押し付け、手を離した。落ちそうになるから、反射的に花束を受け取ってしまう。

「私がいかに君を愛しているか、わかって欲しい。話し合いは来週だから、これ以上は何もしないよ」

「栗山さん」

彼の目が、俺を見る。けれど焦点は俺を通り越したどこか遠くを見ている。

「ずっと、君を失う夢ばかり見続けていた。もうあの気持ちは味わいたくない。今度こそ、

……、今度こそだ、エルミーナ」

「栗山さん」

「それじゃ、また明日」

言うだけ言って、彼は離れて行った。

明日?

彼はまた明日来るつもりなのか。

手に残る白いバラの花束。

俺が時計を断ったから、わざわざ花を買いに行ったのか。これならば、と思って。俺のため

に、エルミーナのために。

「ああ……、もう！」

嬉しくはない。俺は白いバラの花なんか好きじゃない。俺が一番好きな花は切り花には向かない藤の花だ。

でも捨てることなんてできない。

大きなため息をついて、俺は歩きだした。

どうしたらいいのかわからなくて。

もう、家に帰ることしか考えられなくて。

花が可哀想だし、これは栗山さんの誠意だ。


次の朝会社は休みの筈《はず》なのに、松永さんは朝食を摂りにきた。

「おはよう」

「おはようございます」

今日は忘れずに新聞を持って彼に続く。

「今日はオムレツで。ジュースをグレープフルーツに」

「かしこまりました」

変わりない会話。滞在もいつもの通り、短いものだった。

午後のランチタイムには栗山さんが来た。

「やあ、蒼井くん」

「いらっしゃいませ」

こちらも会話は短く、挨拶程度。

緊張したが、夢や話し合いのことを話題にはせず、帰ってくれた。

「ご贔屓《ひいき》ができたな」

と同僚は笑った。

「どうせなら若い女性がいいよ」

と笑うと、「それはそうだ」と笑い返された。

真実は、誰にも気づかれたくない。松永さんとの恋愛も、栗山さんとの転生話も。

平穏を装い、何にも関係のないフリをして仕事に没頭する。

その翌日は日曜日で、松永さんは来なかった、これはいつものことだ。土日は会社がないので、来店しないのだ。昨日が特別だっただけ。

本当は俺も休みなのだが金曜に休みを取るので出勤だ。

そして栗山さんも来た。

今日も約束は守られ、転生の話をすることはなかったし、必要以上に声をかけてくることもなかった。警戒したが、待ち伏せをされることももうなかった。

ただ、俺にではなく、店の人間にと菓子折りを持ってきた。

「日が経《た》つにつれて、自分がしたことを反省してね、よかったらみんなで食べてくれ」

渡したのも、俺ではなくマネージャーにだった。

「お客様、このようなことは……」

「客の気が済むようにするのも、ホテルマンの務めと思ってくれ」

「……わかりました。ありがとうございます」

マネージャーは押し負けて菓子を受け取った。

心遣いができる、と思う反面物品で物事を解決しようとするようにも見える。俺が応えないから外堀を埋めようとしている。とか。

……考え過ぎか。

月曜。

栗山さんは午後に姿を見せた。

最初は強引なところもあったけれど、話し合いを決めてからはずっと紳士的だ。

オーダーの時に言葉を交わす程度で、無理に呼び寄せたりもしない。

松永さんからは、ホテルの部屋が取れたことを知らせるメールが入ったが、彼が店を訪れることはなかった。

火曜になると、また松永さんが訪れ、栗山さんも訪れる。

時間帯が違うから、二人とそれぞれ個別に接することになる。

松永さんと会っていると松永さんのことを、栗山さんと会っていると栗山さんのことを、二人がいない時には自分のことを。

余計なことを色々と考えてしまう。

そして家に戻ると、そのぐちゃぐちゃとした考えを、まとめて処理しようとしてまた余計に混乱してくる。

自分の心がわからなくなって。

いや、心がというより、この状況がわからないと言った方がいいだろう。

冷静に考えると、何で俺なんかが、あんな上質な男性に告白されるんだろう。平凡な自分が、こんな悩みを抱えていること自体、奇妙で、現実味が薄いではないか。

松永さんと栗山さんが友人で、二人でドッキリを仕込んでいた、と言われても納得してしまいそうだ。

もちろん、違うに決まってるけど。

現実って、何だろう?

考えつきやすいこと？　あり得ると想像しやすいこと？

松永さんに告白された時は、驚いたけれど嬉しかった。信じられないとは思ったけれど、誠実な彼の態度に真剣なんだとすぐに信じた。

考えたことも想像したこともなかったけれど、現実だった。

栗山さんにしてもそうだ。

あの人が冗談を言っているわけがない。だって、俺はあの夢の話を誰にもしていなかった。なのに彼は夢の話を知っていた。

エルミーナとグレンの恋は、生まれ変わって幸せになろうなんてセリフは、グレンでなければ知らないはず。

栗山さんもまた、真剣に俺を好きだと言っている。

だからこれも現実。

やっぱりこの状況が現実だということは、疑いようもない。

信じられない、で片付けずにちゃんと考えないと。

松永さんを好きだと思っている気持ちに嘘《うそ》はない。

でもエルミーナのことを考えると、栗山さんではなく松永さんを選ぶことに後ろめたさを感じてしまう。

グレンとの愛を貫くべきなのかという考えも過る。

ただそれは栗山さんを選ぶということだ。栗山さんと恋をするということだ。彼を愛してもいないのに。

時間は過ぎてゆく。

日々は過ぎてゆく。

答えを出して、決着をつけなければならない日が近づいてくる。

一度心を決めたはずなのに、その日が近づけば近づくほど、迷いが生じる。

愛している人と、選ばなければならない人は同じなのに。愛している人しか選ぶ必要はないのに。傷つけてはいけない人や、守らなければならない約束に心が揺れる。

俺は、こんなに優柔不断な人間だったのか。

こんな迷いを持ったまま、松永さんを好きだと言っていいんだろうか？

もっと考えろ。

もっと考えろ。

迷いがなくなるまで、心が揺れなくなるまで考えろ。

揺るぎないただ一つの答えを出さなければ、誰にとっても誠実ではない。

本当の愛にならない。

仕事をして、二人の顔を見て、俺は考え続けた。

どうすればいいのか。

どうするべきなのか。

誰を、どうして好きになったのか。

好きと言われたから、愛していると言われたから、見た目がいいから、優しいから、お金持ちだから。そんな理由では選べない。

どんなに世間が許容していても、元々同性愛者ではなかった自分が、男性の手を取ろうと決める理由。

それをちゃんと見つけないと……。


水曜日。午後に来店した栗山さんに、明日の夕方六時にロビーラウンジで待ち合わせましょうと伝えた。

部屋を取ろうか、と言われたけれど、こちらで用意しますと答えた。

ずっと悩んでいたけれど、答えは出た。

自分の出した答えで何が起こるか、少しの不安はあった。けれど、迷いはない。

何が起こっても、何を言われても、自分の決めたことだ。

木曜日、午後になってすぐに松永さんからメールが来た。チェックインは済ませたから、いつでも部屋を訪れるようにと。

そのルームナンバーを見て、俺は少し慌てた。

そこは、エグゼクティヴルームだったから。

普通の部屋でいいと言っておいたのに。

服装は、悩んだ。

真面目な話をするのだから、スーツの方がいいか。堅苦しくならないようにラフなスタイルがいいか。

結果、ニットシャツに春物のロングコートという格好に落ち着いた。

時間より少し前にホテルへ向かい、ロビーから松永さんにメールを入れた。

『ラウンジに到着しました』と入れると、すぐに彼が下りてきて、俺にルームキーを渡してくれた。

エグゼクティヴフロアはルームキーがないとフロアに入れないからだ。

「大丈夫かい？」

松永さんは、心配そうに尋ねた。

「はい。大丈夫です。ご迷惑をおかけします」

「迷惑なんかじゃない。この問題は私の問題でもあるのだから」

「そう言っていただけると嬉しいです」

俺がそう答えると、彼は『おや？』という顔をした。

「私を頼ってくれる気になったみたいだね」

「もう頼ってます。松永さんがいてくださるだけで、心強いです」

松永さんは、優しく頷いた。

「その言葉が何より嬉しいよ。では、部屋で待っている。コーヒーでも頼んでおこう」

「ありがとうございます」

彼はすぐに部屋に戻ったが、俺はラウンジの柱の陰になってフロントからは見えない位置にある椅子に座って栗山さんを待った。

栗山さんは時間丁度にやってきて、真っすぐ俺に向かって歩いてきた。

「エル……、っと、蒼井くん、待たせたかな？」

呼び間違えた彼に微笑《ほほえ》んで首を振る。

「いいえ。丁度ですね」

「それじゃ、どこへ行けばいいのかな？」

「上に、部屋をとってありますから」

「心を決めてくれたんだね？」

彼の考えに想像がついたので、やんわりと否定する。

「他人に聞かれないほうがいいと思ったので、個室を用意しただけです。行きましょうか」

揃《そろ》って上層階専用のエレベーターへ向かい、カードキーをパネルにかざす。

ホテルカフェの従業員として、部屋の番号だけでお客様がどの部屋をご使用になっているかわかるような教育は受けていた。エグゼクティヴフロアは特別なお客様が使用するので、対応にも注意を払うからだ。

差別、と言われるかもしれないが、精算時のルームナンバーを確認すると、次からは食後にサービスでコーヒーを出したりなんかもする。

けれど、そのフロアや部屋に立ち入るのは、恥ずかしながら初めてだった。

パネルのボタンを押さずに上がった二十四階のエグゼクティヴフロア。案内板の指示に従って松永さんの待つ部屋へ向かう。

二四〇一号室とプレートが貼られた扉の前で止まり、横にあるチャイムを押してから、カードキーをかざして開錠する。

扉を開け、まず栗山さんを先に通した。

「なぜチャイムを鳴らしたんだい？」

「お入りになればわかります」

訝《いぶか》しげではあるけれど、彼が奥へ進む。

俺もすぐにあとに続いて、ドアを閉めた。

戸口から真っすぐ進むとシックでモダンな広いリビング。

大きくてクッションがいくつも置かれたL字型のソファ、コーヒーのセットが用意された黒い大理石のテーブル。正面の大きな窓はカーテンが閉まっている。

「何故、この男がここにいるんだ?」

そのソファに座っている松永さんを見て、栗山さんは不機嫌そうに言った。

「この部屋を用意していただいたからです。彼は、あなたと私の事情も知っていますし、立ち会い人として最適かと」

「立ち会い人、か」

松永さんはL字の長いほうに座っていた。きっと隣に俺を座らせようと思っていたのだろう。だが何故か、栗山さんが少し間を空けてその場所に座った。俺を松永さんの隣に座らせないようにするためだったのかも。

コートを脱いでいて少し出遅れた俺が、自然と短い辺に一人で座ることになったから。それでも、俺の隣は松永さんとなるので、少し安心だ。

松永さんはポットで届いているコーヒーを入れ、俺と栗山さんの前に置いた。

「どうぞ。彼が何を話すのかは私も知らない。彼が話したいことを話し終わるまで、お互い黙って聞こうじゃないか」

「前回話の途中で彼を連れ去ったのはお前だろう」

「荒唐《こうとう》無稽《むけい》な与太話だと思ったからね」

「部外者だからそう思うだけだろう」

スーツ姿のイケメンの睨《にら》み合いは迫力がある。二人にケンカを始められては困るので、俺は大きく咳払《せきばら》いをした。

「では、話を始めてよろしいですか?」

二人の視線がこちらに向いたので、コーヒーで少し口を湿らせてから彼等に向き直った。

「自分が何者なのか、あの夢にどんな意味があるのか、考えてみました。ただの夢というにはあまりにもリアルで、何度も繰り返し同じシーンを見ることがあって、栗山さんと出会う前から『もしかしたら自分はエルミーナ姫の生まれ変わりかな』と考えていました」

「その通りだ」

栗山さんが口を挟み、松永さんが目でそれを制する。

「栗山さんが現れて、私の夢でしかない、私しか知らないはずのことを口にして、これはただの夢ではないのかも、と考えました。夢の中のエルミーナとグレンしか知らないはずの『生まれ変わったら』という言葉も口にしてましたし。だから今は、あの夢は真実なのではないか、と思っています」

栗山さんは満足そうに頷いたが、今度は何も言わなかった。

「私はエルミーナ姫の生まれ変わりで、栗山さんはグレンの生まれ変わり。それを認めようと思います」

「では、今度こそ私のものになってくれるね?」

栗山さんの言葉に、俺は首を振った。

「いいえ」

「いいえ？」

「私がエルミーナ姫の生まれ変わりだったとしても、私はあなたの手を取りません」

「何故だ！」

激昂《げっこう》して、栗山さんが立ち上がる。

その手を引いて、松永さんが座らせる。

「話を聞け」

「私がグレンだ！　エルミーナだと認めるなら、私のものになるべきだ」

「私が前世でエルミーナであったことを認めるのと、私が栗山さんの手を取ることは別の問題です。今の私はエルミーナではなく、蒼井未来《みらい》という男性なのですから」

「何が違うと言うんだ」

悩んでいる時、もう一度二人との出会いを思い返してみた。

松永さんは、ホテルで働く俺を見て、俺を好きになってくれた。いつも、彼が見ているのは今の俺、『蒼井未来』だった。

『あの男が求めるのは夢の中の姫だ。だが私は君を愛してる。真面目に仕事をしている、今現在の君を愛してる。生まれ変わりだったとしても、前世を踏襲して生きるなんて、生まれ変わった意味がないだろう』」

松永さんの言った言葉が思い出される。

その通りだと思った。

けれど栗山さんは出会った時から俺を『エルミーナ』と呼んだ。

彼が俺を好きだと言う理由は、俺がエルミーナだからだ。

ここで生きている蒼井未来は彼の目に入っていない。

でも俺は、蒼井未来なのだ。

エルミーナとしての人生を受け入れれば、蒼井未来の人生は消える。そうなれば、俺は一体何のために生まれたのか。

俺は、今の自分の気持ちとして、誰の手を取るかを決めた。

「あなたには申し訳ないと思います。ですがエルミーナという女性は亡くなったのです。もう一度言います。私は蒼井未来という男です。蒼井未来として、出会ったばかりのあなたを愛することはできません。自分のことを見ていない人を愛することはできない」

「何故だ！」

栗山さんは怒りに満ちた目で立ち上がった。

「座れ」

と松永さんに促されても、座らなかった。

「今言った通りです」

「ならば知り合おう。これから付き合えばいい。君という人間を知る努力をする」

「いいえ。私は既に他に愛する人がいるんです。時間をかけても、あなたを愛することはできません」

「愛する人？」

男とは言わなかった。ならば普通は女性だと思うだろう。なのに、栗山さんの視線は松永さんに向いた。

「この……尻軽女め」

絞り出すような低い声。

「誰でもいいのか！」

そして俺に向かって摑み掛かろうとした。

「何をする！」

間にいた松永さんも立ち上がり、慌てて栗山さんを取り押さえようとする。

「止めろ、落ち着け」

「離せ！」

「何をするつもりだ」

まだ俺に飛びかかろうとする栗山さんを、松永さんが羽交い締めにする。

「今度こそ、お前は私のものだ！　そこらのザコに渡すものか！」

『私のもの』

何度か聞いた言葉。

栗山さんから？　それとも別の誰か？

「乱暴を働くのなら、警察を呼ぶぞ！」

「お前ごときが私の邪魔をするな！」

似たような会話が、頭の中を駆け巡る。

「蒼井くん、向こうへ」

俺を襲おうとする栗山さん。

『私』を襲おうとした男。止められて、騒ぎ立てた男。大広間から、声を聞き付けて出てきた人々の姿。

目の前のシーンにもう一つのシーンが重なる。あの時『私のもの』という言葉を口にしたのは誰だった？

栗山さんに重なるのは……。

頭の中で何かがパチンとはまる。

「……違う」

『たとえ、この世で結ばれることがなかったとしても、生まれ変わってもう一度あなたを見つけだします。そして今度こそ、あなたを幸せにします』

姫とグレンの誓い。だがそれは二人しか知らなかったわけではない。

あの時、その言葉を追って『そんな夢を語るよりも姫はこちらに渡してもらおうか』という言葉を投げかけた者がいた。

「あなたは……、グレンじゃない」

『エルミーナ姫、あなたは私のものだ』と言った男。

「オルーバス……。あなたは国に攻め入って姫の両親を殺したオルーバスだ！」

グレンは姫を『もの』扱いなどしなかった。執拗《しつよう》なまでに『私のもの』と言っていたのは、オルーバスだった。

姫とグレンが生まれ変わったらという話を、そんな夢を語るよりと割って入ってきたのもオルーバスだった。

パーティの会場を離れた廊下で姫に狼藉をはたらき、グレンに止められていたのもオルーバスだった。

今のように、『私』の目の前で二人は争っていた。

「……そうだ。私はオルーバスだった。私をコケにしたことを思い出したか。今度こそ、お前を私のものにしてやる。あの目障りな騎士のいない間にな」

「お前に蒼井は渡さない！」

「お前もこの女にだまされたクチか？　こいつは誰でもいいんだぞ？」

「いい加減にしろ！」

松永さんは、羽交い締めにしていた栗山さんをソファに投げ飛ばし、その上に跨《また》がった。

「前世が誰かなんて関係ないだろう！　お前は誰だ？　栗山だろう？　栗山として生まれて今日まで生きてきたんだろう！　夢の妄執に捕らわれ『今』の自分を消してしまうのか！」

栗山さんの胸倉を押さえ、松永さんは訴えた。

怒っているのではなく、諭すように。

「お前は本当に蒼井を愛しているのか？　何者にも代え難いほど必要としているのか？　そうじゃないだろう。ただ夢で見た失敗を取り繕おうとしているだけだ。その失敗は、お前のものではないのに。蒼井という男を手に入れて、お前は本当に愛情を手に入れられると思っているのか？　そもそもお前は蒼井を愛しているのか？　お前はグレンでもオルーバスでもない。栗山渡《わたる》という人間じゃないのか？　目を覚ませ、お前は『誰』なんだ？」

松永さんの言葉に、栗山さんは毒気を抜かれたような顔をした。

さっきまで彼を包んでいた激しい怒気が見る間に消えてゆく。

「もしもお前が誰かの生まれ変わりだったとしても、それは終わった過去だ。自分の新しい人生を生きて、本当に心から愛する自分の姫を見つけるべきだ」

抵抗がないと見て松永さんは彼から離れた。

ソファの傍らに立ち、まだ仰向《あおむ》けにソファに倒れている栗山さんを見下ろす。

「あなたは誰だ？　あなたの名前は？」

さっきは『お前』と呼んでいたのに『あなた』と呼び直した声は強く、低く、落ち着いたものだった。

心に響く声だった。

「くり……やま……渡」

問い掛けられた栗山さんは、今目覚めたばかりの人のような顔で答えた。

「では栗山さん、あなたは蒼井くんのどこが好きなんだ？　前世の姫ではなく、そこにいる蒼井くんの、どこを愛したんだ？」

惚《ほう》けたような視線で、栗山さんが俺を見る。

だが、何も言わなかった。

目には困惑が見て取れる。催眠術が解けた人みたいに、何が起こったのかと戸惑っているように見えた。

「栗山さん、話し合いを終えてよろしいですね？　どうかこれからは、夢に振り回されず、あなたの人生を生きてください」

過去、とは言わず夢と言った。記憶がより遠のくように。

松永さんが手を握り、彼を引き起こすと、その口からポロポロと言葉が零れる。

「手に入らなかった焦燥感だけが……、毎晩私に訪れた。愛してやったのに、何故私の手から逃れるのかと……」

自分の辛さを訴えるように。

「夢だ」

けれど松永さんはそれを一言で断じた。

「だが生々しいほどの……」

「どんなにリアルでも、生々しくても、夢でしかない。あなたを育てた両親のこと、通っていた小学校、中学校、高校、大学のことを思い出せばいい。今あなたが経営している会社は、付き合っている友人は、その夢の中ではなく、現実に存在している。それを捨てる必要などないんです、『栗山』さん」

松永さんは、栗山さんの手を握ったまま、彼を立たせ、背に手を添えてゆっくりと戸口の方へ誘った。

「また混乱したら、今度は私に連絡してください。いつでも相談に乗りますよ」

「混乱?」

「夢と現実の区別がつかなくなることです。私達は、この現実を生きているのだということを忘れないでください」

栗山さんは、まだ納得しきれていないような顔ではあったが、もう反論はしなかった。

松永さんが寄り添って栗山さんを出口へ導く。

二人の姿は通路に消え、扉が開き、閉まる音がする。

戻ってきたのは、松永さん一人だった。

「終わったな」

松永さんのその言葉に、俺は首を振った。

「いいえ。まだです」

もう一つの問題にも、答えを出さなくては……。


俺が緊張していることに気づいて、松永さんも緊張を走らせた。

「隣に座っていいか?」

「もちろん」

わざわざ訊いてから、俺の隣に座る。

「終わっていないって、どういうことだ?」

「その前に、今日は本当にありがとうございました。大きな騒ぎにならずに済んだのは松永さんのお陰です。俺の言葉だけでは、きっと揉めごとになっていたでしょう。あなたが説得してくれたから、栗山さんも目が覚めてくれたんだと思います」

向き直って、深々と頭を下げる。

「いやいや、そんな改まらなくても」

「いいえ。ちゃんとしておきたいんです。あなたに借りを作りたくないので」

「……他人行儀だな」

彼の顔が皮肉っぽく歪《ゆが》む。

「松永さんに借りがあるからこんなことを言う、と疑われたら悲しいので」

大きく息を吸って、吐く。心は決まっていても、やっぱり勇気は必要だ。

「俺も、松永さんが好きです。今更と言われるかもしれませんが、あなたの恋人になりたい。恋人にしてください」

喜んでくれるかと思ったのに、彼は驚いた顔をしただけだった。

「どうして、と訊いていいかい？」

「やっぱり、迷惑をかけたからだと思われます？」

「いや、そうじゃない。君が自分を見返りみたいに差し出すとは思っていない。ただ突然の心境変化だったから、理由が知りたいんだ」

よかった、疑われたわけではなくて。

「前にも言ったと思いますが、もうとっくに俺は松永さんのことが好きでした。ただ男女の恋愛のように肉体関係まで踏み切れなかったので、恋人という言葉が使えなかった」

「うん」

彼の手が伸びて、俺の手を取る。

「栗山さんとのことを考えている時、今の自分を見てくれて、今の俺を好きと言ってくれる松永さんと一緒にいたいと思いました。お姫様の記憶は持っていても、俺はやっぱり蒼井未来で、蒼井未来が好きなのは栗山さんでも、グレンでもなく、あなただと思いました」

「うん」

「生まれ変わって、また出会って愛し合おう、幸せになろうと思っても、実際はこんな感じです。新しい人生になったら新しい気持ちが生まれる。姫は愛を成就させたけれど、恋人に抱かれる前に命を落としてしまった。もしも今の自分がそうなったら、と思ったら男のプライドよりあなたの手が欲しいと思ったんです。生まれ変わるまで待てない。今、松永さんの恋人になりたいって」

「私に抱かれてもいいと思えるようになった、と受け取っていいのか？」

ズバリ言われて、顔が熱くなる。

「……そうです」

今度こそ、彼の顔は見る見るうちに喜びに溢《あふ》れた。

問われることなく、キスされる。

俺もそれを拒まなかった。

手だけを握りあって、続けるキス。

「正直に言う。今夜君を口説くつもりだった。この部屋はそのために取ったんだ。ライバルも出てきて、我慢の限界だった」

キスを続けながら彼が懺悔《ざんげ》のように告白する。

「ホテルの部屋を取って欲しいと言われた時、チャンスだと思った。君は私と二人きりになることは避けてたから」

「避けて……なんか……」

話をするならキスを止めた方がいいのはわかってるけど、止まらない。

「デートもしたのに……」

「人の目のあるところはね。でも密室は避けてた。合鍵もあげたのに来てくれなかったし、デートで迎えに行った時も帰りも、部屋にあげてくれなかった」

見透かされてる……。

「でも、もういいんだな？」

手が、離れた。

唇も、やっと離れる。

「先に言っておく。私は紳士でも姫の忠実な騎士でもない。松永という男は、ただの恋に溺《おぼ》れた男だ」

「俺だって、純情な姫じゃありませんよ」

「その方がいい」

彼はにやりと笑った。

「ベッドルームへ誘ってもいいね？」

期待はしていた。

だから出て来る前に風呂は使ってきた。

礼儀を重んじる騎士でも、純潔を守るウブな姫でもない。松永さんと俺は、セックスを知っている大人の男だ。

恥じらいはあるけれど、迷いはない。

ダブルの大きなベッドが置かれた寝室に入った途端、松永さんはまた俺を抱き締めてキスをした。

俺ももう受け身ではいられなくて、自分からも彼の身体に腕を回す。

ルーズなニットシャツを着てきたのも、こうなることを予測していたからかもしれない。裾から入り込んだ手がアンダーシャツの上から胸を探る。

けれどすぐにシャツを掴んでズボンから引っ張り出し、中に手を入れてきた。直に胸に触れる硬い掌。

その指先が乳首に触れただけで、下半身がズキンとする。

「待って……。立ったままじゃ……」

と言うと、彼はバツが悪そうな顔で離れた。

「余裕がないな」

背中を向けた彼が、ネクタイを外し、スーツを脱いで近くの椅子にかける。

「あなたが？　嘘ばっかり」

「今更童貞ですとは言わないが、初めて愛する人を抱こうというんだから、十代の青年のようにガッツいてしまうさ」

振り向いた時には、ワイシャツのボタンが全て外され、引き締まった胸元が見えた。

「こっちへ」

差し伸べられる手に導かれ、ベッドに近づく。

肩を摑まれ、座らされる。

立ったままの彼がキスして、キスして、俺を押し倒しながら自分もベッドに上がった。

「……やっと、触れられる」

切ないほどの声に、勇気の出なかった自分を反省した。

もうこんなに彼を求めているのに、どうして早く彼の手を取らなかったのだろう。夢に捕らわれて今の恋を見失うところだった。

間違えなくてよかった。

ベッドの外に残った足先から靴が脱げ落ちる。

仰向けになった俺のシャツの中に、再び彼の手が滑り込む。

キスというより食《は》むように、松永さんの唇が、俺の額を、頬を、耳を、顎《あご》を、首を、甘く噛んでゆく。

胸を撫《な》でていた手が、少し強く乳首を押し転がした。

「あ……」

声を上げると、手はシャツを捲り上げ、露《あらわ》になった上半身に、唇が移る。

「ん……」

舌が先を濡らす。

男でも胸で感じるのか。

ゾクゾクする感覚が背筋を駆け抜ける。

敏感ではないはずなのに、もう下半身に熱が集まるのを感じる。

それがわかったかのように、彼はズボンのボタンを外してファスナーを下ろした。

躊躇《ちゅうちょ》することなく下着の中に入り込む手。

大きな手が俺のモノを握る。

「う……っ」

「嫌か?」

思わず身を縮めると彼が訊いた。

「……いいえ」

感じただけ、恥ずかしいだけ。わざわざ説明するほどのことではない。

でも訊いてくれたということは、嫌がることはしないということなのだろう。ならば軽々に嫌とは言えないな。

「あ……」

彼の愛撫《あいぶ》で火が点《つ》いた身体は、もっと先を求めている。

途中で止められたくない。

エルミーナは、グレンの手を取らなかった。純情で、多分今の俺よりも年下で貞淑だった彼女は、愛されることの快感を知ることなく逝ったのだろう。

知らない彼女と求める自分。

それだけでも、自分達は別の者だと思う。

松永さんの手が、握った先端を指で擦る。

「ん……っ、あ……」

我慢ができない、と彼は言ったけれど自分も同じだ。どんどんと手の中で硬くなってゆくソレが、露を零しているのを感じる。

いつの間にか彼も自分のモノを出していて、俺のモノと一緒に握った。

違う熱、違う肉の感触。

松永さんが身体を伸ばし、耳元で囁《ささや》いた。

「挿《い》れたい」

胸がドキンと鳴った。

「嫌なら今日はしない。だがいつかはしたい。私はそれを望んでる」

正直な人だ。

この人はいつも隠さずに自分の感情を、欲望を伝えてくる。

「覚悟は……、してきました。でも……」

「でも？」

「初めてですから。その……、身体がついていけないかも……」

「了解があるなら、私が努力するよ」

「……お任せします」

そう答えてしまえば、どうなるかはわかってる。

松永さんは身体を起こした。

視線が今まで擦り合わせていた俺の下肢を見る。

乱れた前髪を掻《か》き上げながら、彼は笑った。

「相手が私でも反応してくれて嬉しいな」

「あなただから……」

答えると、彼は嬉しそうにもう一度微笑んだ。

「今夜はそのつもりだったと言っただろう。準備はしていた。徒労に終わるとしても、万が一を期待していた」

俺を置いてベッドを下り、ワイシャツもズボンも脱いで全裸になる。

「もう、男の身体を見ても怯《おび》えないね?」

「怯えたりなんか……」

「ずっと、戸惑いはあっただろう?」

「……それは、男ですから。抱かれる側に回ることは考えたこともなかったので……」

「それでも逃げずにここにいてくれるだけで嬉しいよ」

枕元のサイドボードには、コンドームの箱と多分ローションのボトル、それに正体不明のチューブが置かれていた。

「私もね、どうして男性を好きになったんだという戸惑いがあった」

それを手に、彼が『脱いで』とジェスチャーで示す。

「でもやっぱり君が好きだった。だから色々調べたんだよ」

俺は自分で上を脱ぎ、乱されていた下も、下着まで脱いで畳んでベッドの端に置いた。これくらいのものがあっても邪魔にならないくらい広いベッドだったから。

ペタンと脚を崩して座る俺の前に、彼が戻る。

「枕によりかかるようにして、寝て。脚、広げられる？」

言われた通り場所を移して仰向けに横たわる。

大股を開くことはできなかったが、彼が間に座れるくらいに脚を広げる。

恥ずかしいけれど、俺も少しはネットでゲイについて調べてみた。ただ、ヒットした中にフィストファックという、衝撃的な映像を見てしまってからは、それ以上検索はしなかったけれど。

淡々と、……ではないけれど。極めて普通にセックスに向き合っている感じが、成人男子である『自分』っぽくていい。

俺は『蒼井未来』なんだと実感できて。

「医療用の弛緩《しかん》クリームだ。塗ると痛みがないらしい。ただ使用する人によっては刺激もあるとか。一応ローションもあるから無理にとは言わないが。使ってみるか？　もちろん、変な成分は入ってない」

チューブの正体はそれか。

「……遠慮しておきます」

「わかった」

彼はすぐにチューブをサイドテーブルに戻した。

「それじゃ、我慢してくれ」

コンドームを一つ取り出し指に付ける。ローションのボトルを傾け、少しだけ手に零して俺の後ろに手を当てる。

「う……っ」

一瞬、冷やっとした感覚があったが、すぐに彼の手の熱に紛れた。

指が、なぞるように穴の周囲を探る。

彼は俺の顔を見ていた。反応を確かめるように。

俺は彼の手の動きを見ていた。見たい、というより目が離せなくて。

「あ……っ」

指の先が中に入り、すぐに出ていく。コンドームを纏《まと》った指が、少しだけローションを内側へ送り込む。

自分の意思とは関係なく、そこがヒクヒクと動いて、彼の指を締め付ける。

それでも、彼は構わずそこを愛撫し続けた。

「あ……っ、う……ん……っ」

指が抜かれ、ローションが足され、また指が動く。

入口ばかりを攻められ痛みがなかったせいもあるが、視覚的に弄《いじ》られている様を見ていたせいもあるだろう。

「あ……っ、ンンッ」

鼻にかかった甘い声が出てしまう。

それを聞いて彼が笑みを浮かべ、身を乗り出してきてキスをする。

「感じてくれると思うと、嬉しいもんだな」

右手は、ずっとそこを弄っていた。

でも左の手は、俺の髪を撫で、胸を探る。

唇が耳に触れ、舌が耳朶《みみたぶ》を濡らす。

肩を軽く噛んで、胸を舐《な》める。

「あ……」

明確な快感に、身体が疼《うず》く。

松永さんの身体が覆いかぶさっているので、もう下半身は見えなかった。でも自分が勃起《ぼっき》してるのはわかっていたし、彼のモノが当たるのも感じた。

その間も、右手の指はずっとそこを弄っている。

だんだんと中に入ってくる部分が多くなり、中で少し動く。

快感というより違和感？　異物感？　その他の場所に与えられる愛撫が、それすらも快感に繋げてゆく。

「あ……っ」

彼はどんどん俺に近づき、そのせいで脚が開く。

肌が密着し、俺も彼の背に腕を回す。

指先が、動く肩甲骨に届く。

中に指を感じながら、身体が熱を帯び、快楽に包まれる。身悶《みもだ》えると、指を咥《くわ》えた場所はヒクつき、自分から腰を動かす形になる。

「松永さ……、もう……、前も……」

「我慢できない？」

「意地悪しない……くださ……」

「意地悪、か。気を遣ってるつもりだったんだが」

苦笑して彼が少し離れる。

指が抜かれ、その時に惜しむような声を漏らしてしまった。

「あ」

来る。

男としてのプライドから抵抗を感じ、怖くて、恥ずかしくて。躊躇《ためら》い、戸惑い、それを受け入れることができれば、恋に踏み切れると思っていたコトが。

位置を合わせ、ソレが当たる。

その感触だけで、肌がざわついた。

「ン……」

キスしながら、彼が身体を進める。

さんざん弄られて解《ほぐ》されたはずなのに、苦しかった。

「は……ぁ……」

合わせた唇の間から吐息が漏れる。力を抜こうとすると何故か口が開いてしまう。

彼の膝《ひざ》が尻の下に入り腰が浮く。少しでも楽になろうと、膝を曲げ、腰をずらす。

松永さんが……。

松永さんのモノが。俺の中に……。

「あ、ああ……っ、や……っ」

先が入ると、彼の手が俺のモノを握った。

「や……、だめ……っ」

「後ろだけじゃイけないだろう？」

「でも……っ」

握る力に強弱をつけられる。

男としての敏感な部分を弄られれば、感じないわけがない。

俺がその手に反応している間に、彼が中に進んでくる。

内側に痛みはなく、閉ざされた肉が拡げられてゆく。

ゆっくり、何度も進んで、外からの異物を感じたことのない場所に、熱い肉が当たる。

「あ……っ、なに……っ」

何かが擦られて、ビクンと背が反る。一瞬だったけれど、全身に痺《しび》れが広がって脚の筋がクッと引っ張られる。

「イイトコロに当たったかな?」

同じ場所を探すように、彼が前後に揺れる。

「やぁ……。あ……。動か……。松永さ……」

目眩《めまい》がする。

目尻が熱くて、涙が零れそうだ。

痙攣《けいれん》が止まらない。

苦痛はあるのに、彼が動く度に、前を握られる度に、もう一つ別の感覚がその苦痛を呑《の》み込んでゆく。

「あ……、やぁ……。い……」

ぐちゃぐちゃにされる。

そっと彼にしがみついて自分を保とうとするけれど、繋がった場所から溶けていきそう。

「未来」

かすれた声で名前を呼ばれて、強く突き上げられた。

「あぁ……っ！」

トぶ。

頭がトんじゃう。

意識と理性が弾《はじ》け飛ぶ。

「ひっ……ン……っ。アッ！」

最奥にグリグリと押し付けられて、握られた先端を指が擦る。

「アア……ッ！」

彼の背中に爪を立て必死に堪えようとしたけれど、絶頂の波は簡単に俺を呑み込んだ。

浚《さら》われて、何もわからなくなるぐらいもみくちゃにされながらも、俺は幸せだった。

やっと、愛する人に抱かれたんだ、と思って。

「やっとだ……」

だから、耳に届いた言葉は零れてしまった自分の呟《つぶや》きだと思った。


前世、という言葉に、栗山さんはとり憑かれていた。

俺と同じ夢を見てから、姫が手に入らなかった、という喪失感だけに捕らわれていたのだろう。だから、今度こそ姫を手に入れたいと思っていた。

その気持ちが、少しわかる。

俺も、偉そうなことを言いながら夢の中の恋を引きずっている。

オルーバスだった栗山さんを取り押さえようとした松永さんの姿が、一瞬グレンと重なった。

状況が似ていたせいだとは思うけれど。

お前には渡さないと言ってくれた松永さんの言葉も、グレンの言葉に重なった。

ああいう時はそう言うのが定石だと思うけれど。

栗山さんがグレンではないことがわかって、『グレン』はいなくなった。

それならもしかして、松永さんがグレンだったのかもしれない、と考えるのはまだ自分が前世に捕らわれている証拠だ。

彼が思い出していないだけで、彼こそがグレンの生まれ変わりなのかも。

だとしたら、前世の誓いは成就したことになるだろう。俺達は結ばれて、俺はとても幸せなのだから。

騎士と姫の物語はハッピーエンドになる。なんて都合のいい夢を見たがっている。

でも……。

「大丈夫か?」

ぐったりした俺を気遣うように、汗で張り付いた髪を整えてくれるのは『松永さん』だ。

彼の言った言葉。新しい人生を生きなければ、何のために生まれ変わるのかわからないというのは、真実だと思う。

俺は、『俺』の人生で自分の恋を見つけたのだ。

俺達が姫とグレンの生まれ変わりだったとしても、俺は彼がグレンだから愛したわけではないし、彼は俺がエルミーナだから愛したわけでもない。彼がグレンではないとしてもこの気持ちは変わらない。

だから、もう夢の話はいい。

蒼井未来と松永竜一《りゅういち》が出会って恋をした、でいいのだ。

「一晩中抱いていたい気分だが、今日は初めてだから、これだけで我慢するよ。続きは次の楽しみだな」

ただもしも肉食系のセリフを口にして俺にキスする松永さんがグレンだったら。

婚約してから指一本触れられないまま死ななければならないことは男としてとても無念だっただろう……。

やり直してもホントの恋を

花の美しい庭だった。

庭師が、主のために手入れをした結晶と言ってもいいだろう。

時折吹くそよ風に甘い香りが混じっているのはその花の香りだ。

暫く歩くと、白い小さな四阿《あずまや》があった。

「あちらで休みましょう」

黒髪の男が誘うと、プラチナブロンドの女性がコクリと小さく頷《うなず》く。

二人共、ＲＰＧの登場人物のような格好だった。

男は黒い騎士のような服装で、女性は淡いブルーのドレスを纏《まと》っている。

「メナム伯爵の猟犬が子供を産んだのですって」

ベンチに腰を下ろすと、彼女が微笑《ほほえ》みながら言った。

「よろしければ姫に一匹献上したいと言ってくれたの」

その笑顔が眩《まぶ》しいのか、男の目が細まる。

「それはよろしいですね。メナム伯爵は狩りの名手です。あの方の犬ならば、きっと名犬となるでしょう」

「子犬を選びに行く時、付いてきてくださる？」

「もちろんです」

男が答えると、女性は嬉《うれ》しそうに微笑んだ。

彼女の名はエルミーナ、この国の王女だ。

そして男の名はグレン、彼女の騎士だった。

二人の交わす眼差《まなざ》しに主従以上の気持ちが込められていたが、グレンは姫の隣には座らない。座れない、と言うべきかもしれない。

姫と騎士では身分が違う。

グレンは彼女の傍らに立ち、見下ろすだけしかできない。

たとえ四阿に二人きりであっても、この王城の庭園には警護の衛士もいれば庭師もいる。そんな彼等に誤解されるような行動はできないのだ。

それでも、二人で言葉を交わしているだけで幸せだった。

「今度のパーティで……」

姫がちょっと頬《ほお》を染めて言葉を濁した。

「陛下の生誕祭ですね？」

「はい」

それが何か？　という顔を向けられ、エルミーナが更に顔を赤くする。

「いつもは従兄弟《いとこ》のレオンがパートナーを務めてくれるのですが、そのパーティで婚約を発表することになったのです」

「レオン様が？」

知らなかった、という顔をしながら、グレンは心の中で安堵《あんど》していた。

いつも、彼女の手を取る貴公子に、ささやかな嫉妬《しっと》を覚えていたからだ。もしかして、彼が姫のお相手になるのでは、と不安だったのだ。

「それで、私のパートナーがいなくなってしまって……、お父様にご相談したらグレン様にお願いしてもいい、と」

「え？」

驚きに不覚にも声を上げると、彼女の顔が曇る。

「お嫌でしょうけれど、お父様が騎士ならば警護にもなるからと……」

嫌がって声を上げたと思ったのだろう。声が消えいりそうになっている。

「私ごときがエルミーナ様のお相手を務めさせていただけるなど、光栄でしかありません」

グレンは、彼女の前に跪《ひざまず》いた。

「私でよろしいのでしょうか？」

彼女は彼を見て、その表情に不快がないのを確認すると、ほっと安堵のため息を漏らした。

「お嫌でなければ、是非」

「嫌などと思うわけがございません。望んでも得られないお役目と喜んでおります」

二人とも、わかっていた。

パートナーになれるのは、今回だけかもしれない。

公式の場で未婚の王女であるエルミーナの手を取れるのは基本親族か、重鎮の老人達くらいなものだ。

婚約をすれば、当然その役目は婚約者のものとなる。

レオンの婚約は、突然に近いものだった。後で知ったが、お相手の方の父君がご病気で、何とか娘の婚約だけは見届けたいということでの繰り上げの発表だった。だから該当する人間の中にまだパートナーが決まっていない人間を見つけられなかったのだ。

却下されるとわかっていたけれど、『もしかして』と王に進言してみたら、警備という名目でグレンをパートナーにすることができた。

けれど、次にはきっと王女に相応《ふさわ》しい相手がその手を取るに違いない。

グレンは跪いたまま、彼女の手を取った。

震えている指先に、不敬に当たらない程度に軽く額を近づける。

本当は、キスを贈りたかったたが。

「不調法な人間ですので、当日姫に恥をかかせぬよう、これからダンスのレッスンをしなくてはいけませんね」

微笑んでくれる彼に、やっと緊張が解けて彼女も笑う。

「グレン様のお好きな色のドレスを選びますわ。何色がお好き？」

「……申し訳ございません。そういうものにはとんと疎くて」

グレンはいかにも困ったという顔をした。

それがおかしかったのか、エルミーナが口元を緩める。

「でしたら青にします。あなたの瞳と同じ色」

それは自分の瞳の色でもあるから、誰にも咎《とが》められないだろう。気づかれたら自分の瞳の色に合わせたと言えばいい。

でも、何故その色を選んだのかを、彼には知っていて欲しかった。

「今から楽しみです」

すぐに立ち上がったグレンを見上げながら、彼女はうっとりとした目をした。

既に二人でダンスを踊る姿を思い描いているような目を……。


俯《うつぶ》せで眠っている自分の項《うなじ》に柔らかいものが押し当てられた感覚で、目が覚めた。

「ん……」

と小さな声を上げると、「起こしたか？」と囁《ささや》くような声がする。

「起きてます……」

本当は起こされたのだが、事実を告げると相手が気にするだろうと思ってそう答えた。

「そうか」

それなら、というように隣に眠っていた人物が俺の身体を抱き寄せて相手の方に向ける。

まだしっかりと動かない瞼《まぶた》を開けると、視界は逞《たくま》しい男の裸体でいっぱいになる。

実際目に入るのは鎖骨の辺りだけなのだが、それでも相手が何も着ていないことはわかっていた。

自分もそうだったから。

「ゆっくり眠れたか？」

優しい声が問いかける。

「はい。松永《まつなが》さんは？」

答えるのに一瞬間が空いた。

よく眠れなかったのだろうか？

ついっと視線を上げると、彼もこちらを見下ろしたところで、目が合った。

「喉《のど》が渇いたな、と思ったところだ」

そして微笑む。

「蒼井《あおい》も喉が渇いているだろう？」

「そんなには……」

「声が掠《かす》れてる」

「誰のせいですか……」

ポスン、と胸を叩《たた》くと彼は嬉しそうにまた笑った。

「俺だな」

松永さんは俺を抱き締めて額にキスをすると、手を離して起き上がった。

布団が捲《めく》れ、ぬくぬくとした空気が逃げてしまう。それよりも、抱き締めていた温《ぬく》もりが離れてしまったことが寂しい。

「それじゃ、責任を感じてコーヒーでも淹《い》れよう」

ベッドから下りた彼を目で追う。

思った通り、彼は全裸だった。

背中には余分な肉などなく、盛り上がるほどではないが筋肉がわかる。尻もきゅっと締まっているのがアスリートのようにかっこいい。

不動産会社の社長なのにこんなに引き締まっているのは、ジムかどこかで鍛えているのだろうか？

クローゼットを開けて、ホテルの備え付けのバスローブを羽織って彼が寝室から出て行く。

本当はまだ寝たりなかった俺は、そっと目を閉じた。

夢のようだ。

彼と知り合ったのは、自分の務めるホテルのカフェでだった。

客とウエイター。ただそれだけの関係だったのに、松永さんの方から告白された。

俺はゲイではなく、同性を恋愛対象と思ったことはなかったが、彼には惹《ひ》かれていた。だから、恋人未満でお付き合いを始めることにしたのだ。

その頃、俺は不思議な夢に悩まされていた。

自分がどこかのお姫様で、騎士と身分違いの恋愛をするという夢。

親である王様に許可され、やっと恋が叶《かな》ったと思った途端、横恋慕した他国の王子に攻め込まれ、二人で来世で結ばれようと身を投げた、という悲恋物語だ。

あれが、本当に夢だったのか。それとも前世というやつだったのか。

夢に見る前世の恋と、現実の男性との恋愛とを悩んでいる時、自分こそがその騎士だという男が現れた。

夢は現実だ、と。

自分こそ俺と結ばれる相手だ、と。

夢が現実であるならば、俺はその人を愛していたはずだ。命を擲《なげう》ってまで一緒になりたいと思う相手のはずだ。

でも現実の自分は松永さんに惹かれている。

悩んで、悩んで、俺は現実を手に取ることを決めた。

前世がどうであれ、今、自分が愛しているのは松永さんだけだ、と。

結末としては、騎士だと名乗った男は確かに前世からの転生者だったが、その正体は騎士ではなく横恋慕の王子だったのだけれど。

松永さんの手を取る、と決めて彼の恋人となったわけだが、実は未《いま》だにその立場に慣れてはいなかった。

「蒼井」

戻って来た松永さんが湯気の立つカップを差しだしながらベッドに座る。

起き上がってカップを受け取り、フーフーと冷ましながら口を付ける。

「すまなかったな、我慢できなくて」

と彼が軽く抱き寄せて髪にキスする。

さりげなくこういうことができてしまうのは、彼が経験豊富だからなんだろう。

「そういうこと、言わなくていいです。恥ずかしいから」

顔が熱くなるのは、熱いコーヒーのせいではない。

昨夜、彼に抱かれたことを思い出してしまったからだ。

お互いいい年なので、恋愛が成就した後は身体の関係にもなった。昨夜は待ち合わせて、俺の勤め先ではないこの高級ホテルに一泊し、甘い時間を過ごした。

自分の身体を這《は》う彼の指先や、口の中を荒らすような激しいキスを思い出すと、更に顔が熱くなる。

「蒼井を恥ずかしがらせるのも楽しいのだけどね」

「趣味が悪いです」

「かもしれない」

彼も、手にしていた自分のカップに口を付ける。

少し前まで、デートといえば食事をしたりお酒を飲んだり程度だった。ベッドを共にする関係になってからはまだ日も浅い。

俺は元々ノンケだったので、彼を『受け入れる』ことには慣れていない。

だから冗談めかして言っていても、彼は俺の身体を心配してくれているのだろう。

「朝食は、ルームサービスにしよう」

「外に出ても大丈夫ですよ?」

「仕事の時は立ちっぱなしだろう? 少し身体を休めなさい」

「でも、ルームサービス高いですから」

「私が払うから関係ない」

「奢《おご》られてばかりは気が重いです」

「私が外に行きたくないんだ。部屋で、蒼井を堪能《たんのう》していたい」

気が付けば、彼の視線は俺の顔ではなく身体の方に向けられていた。

全裸とはいえ下半身はまだ布団の中。見られているのは平坦な胸だけ。男同士ならば恥ずかしいことはないのだが……、その視線に熱が籠もっているかと思うとやはり照れる。

「触れていいか?」

唐突に、彼が訊《き》いた。

「いやらしいことはしないから」

と笑って。

「別にいいですけど……」

言い方からして、肩や腕に触れられるだけかと思って許可した。

が、予想に反して彼は俺の胸に触れた。

「松永さん……っ」

咎めるように名前を呼んで身体を引く。

「悪い、いやらしい触り方だったか? そのつもりはなかったんだが」

と言われてしまうと困る。

確かに、彼はペタリと胸に手を置いただけだったから。

「……いえ、そうじゃないですけど。触るんなら肩とかかなって思ってたから。どうして胸に触るんです?」

松永さんは手を引いて、ちょっと考えてから答えた。

「細いな、と思ったから」

間が空いたことで素直に信じられなかったが、続いた言葉に少し納得した。

「もう少し筋肉が付いた方がいいかなと思って、一緒にジムに行かないか？」

さっきも思ったが、松永さんは全身に筋肉が付いた身体だ。ムキムキというには細く、細マッチョと言うにはがっしりしている。

丁度いい男らしさだと思う。

……贔屓目《ひいきめ》かもしれないけど。

一方の自分は、学生時代まではまあまあスポーツもこなしていたが、今は時々社員割りでホテルのスポーツ施設を使う程度。

ガリガリではなくても、彼の目からは細く見えるのだろう。

「ジムに通う暇なんてないですよ」

「休日はあるだろう？」

「休日っていうのは身体を休めるためのものです。……休日前に休まなきゃならないコトもしたりしますし」

ちょっとした意趣返しのつもりでイジワルを言う。

だが意趣返しどころか俺のセリフは彼を喜ばせただけだった。

「私のせいだな」

しれっと言わないで欲しい。

「通うほどは行きませんけど、時々付き合うくらいならいいですよ。運動不足で緩んだ身体になるのは嫌ですし」

「ジムに付き合う、か……。いや、やはり止めておこう」

「付き合うだけじゃ不満ですか？」

「ジムで汗を流せば風呂を使うだろう？　他の男にお前の裸を見せたくない。それに、ジムで疲れさせたらその後の私が楽しくない」

どこまで本気なんだか。

でも、松永さんで想像すると気持ちは少しわかった。ジムって、そっち系の人も来るというし、サウナやジャグジーで彼の彫像のような肉体を見たら彼に迫ってくるかもしれない。

彼が心を動かすとは思っていないけれど、他の人が、男であれ女であれ彼に心を揺らすのはムッとする。

「松永さん」

「うん？」

「ちょっとこれ持っててください」

空になったカップを渡す。これで彼の両手を塞《ふさ》ぐことになる。

何をするのかとこちらを見ている彼が着ているバスローブの前を開いてにこっと笑う。微笑み返されてから胸に顔を埋め、キスマークを付けた。

「ここなら人に見られないでしょう？　ちょっとした浮気防止のイタズラです」

白分では付けられない場所は、パートナー有りの印《しるし》だ。

自分の胸に付けられた小さな赤い点が連なる内出血の痕《あと》を確認すると、松永さんはにやっと笑った。

「じゃお返しだ」

「え？」

こっちは裸だからローブを開くというモーションのないまま胸に顔を押し付けられる。勢いに押されて倒れそうになった身体を支えるために手を付いてる間に胸の真ん中に軽い痛み。

両手に持ったカップを高く掲げたまま、にやにやしている彼の得意顔。

「お揃《そろ》いだな」

その顔と俺が付けたキスマークより大きくて赤みの濃いキスマークを見ると、嬉しいやら恥ずかしいやらで顔が熱くなった。

「ほら」

とカップを返されても中身は空っぽだ。

「両手を塞いでも、あなたには意味がないってわかりました」

「キスは唇だけでできるからね」

言葉を証明するように頬にキスされた。

「で、朝食を頼む？　風呂を使う？」

「シャワーだけ使わせてください。……あっち向いてて」

「はい、はい」

ベッドを下りて、床に落ちた下着を拾いながらバスルームへ向かう。

幸せだった。

この甘い恋愛を堪能できることが、とても幸せだった。


ホテル・ロワイヤルの一階にあるカフェ・グロリア。

ここが俺の職場。

白いシャツにグレイのベストに黒のスーツというちょっと見バトラーみたいな格好で、お客様の相手をする。

ホテルから近いところに会社があるからと、毎朝のように出社前にここへ立ち寄って朝食を摂りながら新聞に目を通すお客様が松永さん。

今日も、いつもの時間に彼が店に入って来る。

スーツ姿でモデルのように颯爽《さっそう》と広いフロアを歩き、中庭を臨む大きな窓の側の定位置に座りこちらへ視線を送る。

カフェの常連客であり、宿泊もご利用になる松永さんはホテルの上客と認められ、俺は彼の担当として認められているため、すぐに俺が近づく。

もちろん、ここでの態度は客とウエイターだ。

「おはようございます、松永様」

新聞を手に近づき、差し出しながら軽く会釈する。

「おはよう」

「オーダーは、いつものでよろしいですか?」

「ああ」

モーニングのセットで飲み物はコーヒー、ジュースはトマト。

「卵料理は何にいたしますか?」

「マッシュルームのオムレツで」

「かしこまりました」

礼をしてからすぐにホールへ戻る。

「いつものです。卵はマッシュルームのオムレツで」

俺以外の皆も、既に彼のことはよくわかっているので、『いつもの』で通じる。

すぐにジュースのグラスが出て来るので、それとサラダを持って再び彼の下へ。

これはお届けしてすぐに戻る。

続いて小さな皿とパン籠《かご》を持って行き、パンを選んでもらって皿の上に置き、更にコーヒーとふかふかのオムレツを届ける。

その間に早立ちの宿泊客が荷物を持って一人入って来て入口近くに座ったが、声掛けしたのはべつのウエイターだ。

続いて中央のソファ席に女性の三人連れが来店する。

若く美人な三人だったので、オーダーを訊きに行くのにちょっとした争いがあった。

だがまだ早朝ということで、ここで来店者は途切れる。

暫くして松永さんに目をやると、空いた食器が目に入ったので近づいて行く。

「お済みになった食器をお下げしてよろしいですか？」

「ああ。コーヒーのお代わりも頼む」

「かしこまりました」

コーヒーのカップだけを残してテーブルを離れ、サーバーを持って戻り、カップにコーヒーを注ぐ。

「ありがとう。ついでに英字新聞も頼めるかな」

「すぐお持ちいたします」

初めに渡した新聞を受け取り、サーバーをホールに戻して英字新聞を持って行く。

「蒼井くんは最近旅行とかしたかい？」

「いいえ。松永様は？」

ここでやっと少し会話。もちろんここでは『様』と『くん』付けを忘れない。

「仕事での出張くらいだな。どこかゆっくり温泉とか憧《あこが》れるよ」

「温泉ですか、いいですね」

「オススメとかあるかい？　恋人とゆっくり過ごせるところ、とか」

微笑まれて、『一緒に行くならどこがいい？』という意味だと察する。

「恋人と行くならどこでも喜ばれるんじゃないですか？　でも、なるべくでしたら二人きりで邪魔されないところがよろしいかと」

「個室露天風呂があるみたいな？」

「いいですね」

「温泉、好き？」

「好きです。浴衣《ゆかた》姿とかも、温泉特有ですよね」

言いながら松永さんの浴衣姿を想像する。

うん、素敵だ。

彼も想像したのか、同意してくれた。

「いいね、浴衣。いつもと違う姿っていうのはそそられる」

「シチュエーション萌《も》えというらしいですよ。先日若いお客様がおっしゃってました。着物で和室とか、ドレスでダンスとかに胸キュンするらしいです」

「ドレス……」

難しい顔をされて、俺が着たいわけじゃないですよ、と心の中で呟《つぶや》く。

「男性でしたら、殿様とか騎士とかってことなんでしょうね」

「……そうだね」

笑ってから、彼は英字新聞を広げた。

これは会話終了の合図だ。

「失礼いたします」

頭を下げてテーブルを離れる。

今日は会話が短くて寂しかったな、と思いながらも仕事中だと思い直す。

にしても、旅行か。

以前、日帰りなら海まで行ったけど、泊まりをしたことはない。

泊まりというならホテルだけだ。

松永さんとのお泊まりはいつも高級ホテル。

男二人でラブホテルに入るのは抵抗あるし、セレブな彼はそこらのホテルを使わない。彼の部屋には一度行ったことがあるが、豪華過ぎて気後れするので俺が遠慮してしまうし、俺の狭い部屋に彼を招くのも抵抗があるからだ。

高級ホテルも悪くないけれど、やはり畳で浴衣は憧れる。

さっき話題にしてくれたのだから、旅行に誘われるかもしれないと思うと心が逸《はや》った。

もう一度呼ばれるかな、と思って松永さんを見たが、彼は新聞に目を落としたままだった。

「蒼井、お客様」

言われて、新規のお客様のテーブルに近づく。

「いらっしゃいませ」

年配の男性は座るなり「コーヒー」とオーダーした。

仕事優先、だ。

その日はもう呼ばれることなく、松永さんは新聞を読み終えると席を立った。

レジで会計のカードを受け取ると、松永さんがじっとこちらを見ているのに気づく。

「何かございましたか？」

仕事場なので礼儀正しく尋ねてみたが、彼は軽く首を横に振った。

まだ目が何か訴えかけてる気がするのだが、と思って彼を見ていると、松永さんの唇が微《かす》かに動いた。

「蒼井くんはまだ夢を……、いや、何でもない。また明日」

言いかけていた言葉を飲み込み、返却したカードをしまいすぐに立ち去ってしまう。

その背中を見送りながら、俺は首を捻《ひね》った。

夢？

何のことだろう、と思った瞬間、思い当たった。

俺は、自分の転生話のことを松永さんに相談している。俺が姫で、騎士と大恋愛だったたって。

そのことで彼も巻き込んでいる。

ゴタゴタが済んでからはそのことを話題にしていないが、正直、夢でも前世でも、恋人が一緒に死んでもいいくらい誰かを愛していたという話は嬉しいことではないだろう。

なのに俺はさっき彼の前で『ドレス』だの『騎士』だのと口にしてしまった。

それが不快だったに違いない。

言いかけた言葉は『まだ夢を見ているのか？』だったのだろう。

実のところ、あの夢はまだ見る。

最近は、気持ちが松永さんに向いたからか、第三者的な視線で見ることが多い。断片的に、他人のアルバムや記念映像を見せられているかのように。

だから自分は気にしないようにしていたのだが……。

「やっぱり松永さんは気にしてたのかも」

これからはもう少し発言に気を付けないと。

新しく客が入って来たので、俺は頭を切り替えた。

「いらっしゃいませ」

老齢の男性が入口近くに腰を下ろし、「コーヒー」と大きな声を上げる。

「かしこまりました」

やれやれ気難しそうな客だなと思いながら、俺は笑顔を浮かべて返事をした。


翌日も、いつもの時間に松永さんは現れ、前日の別れ際の気まずさを感じさせないくらい明るく会話をしてくれた。

プライベートなことではなく、当たり障りのない話題だったが笑い合うことができた。

その翌日は姿を見せなかったが、次の日にはまた姿を見せた。

元々彼が店を訪れるのは不定期なので気にはしない。

週末、俺の休みと重なった日は一緒に買い物に出掛けた。

お泊まりはしなかったけれど、車の中でキスは交わした。

週が明けて月曜日に来店した時にはちょっと暗い顔をしていたので心配したが、仕事のことでちょっと、と言われたのでそれ以上は尋ねなかった。

話されても自分にはわからないことかもしれないし、彼が話してくれないのならば社外秘の事情かもしれないので。

けれど翌日来た時には、また笑顔を浮かべてくれた。

「仕事、お忙しいようですね」

と声を掛けたら。

「忙しくないと困るからね」

と冗談めかして答えてもくれた。

「でもここに来られないほど忙しいわけじゃない。ここでゆっくりと朝食を摂ることは、私にとっての癒《いや》しだから」

「そうおっしゃっていただけると、嬉しいです」

「本当さ」

ここで朝食を摂るのが癒しという言葉の中に、自分の顔を見るというのが入っていればいいなと思う。

「それでも、お身体には気を付けてくださいね」

「ありがとう。君もね」

掛けてくれる言葉も優しかった。

だから安心していた。

しきっていた。

ずっと、ずっと、この日々が続く、と。

彼と言葉を交わし、笑みを交わし、時々二人だけの時間を持つ。そんなささやかな幸福が続くのだと。

「そういえば、松永様のお好きな色って何なのですか？」

「私？」

「今度服を買いに行く時に参考にさせていただこうかと」

「私はあまりファッションにこだわらないからな……」

「そうなんですか？　いつも素敵なお召し物ですから、気遣ってらっしゃるのかと」

にこやかに掛けた言葉に、彼の反応が少し遅れても、一瞬笑顔が消えた気がしても、気にしなかった。

「私に合わせる必要はないよ。君の好きな色を選べばいい」

ちょっと突き放したような言葉を向けられても、不安すら覚えなかった。

この時には。

「三日、か……」

腕に嵌《は》めた時計が十時を示しているのを確認し、俺は小さくため息をついた。

「仕事中にため息をつくなよ」

と同僚に軽く背中を小突かれる。

「あ、悪い。そろそろランチビュッフェの用意だなと思って」

ため息をついた理由をごまかすと、同僚も同意するように小さくため息をついた。

「フェアの最中は仕事が増えても仕方ないさ。行こう」

今、グロリアはランチビュッフェを始めている。しかもベジタブルフェアなる名前を掲げた催しだ。

最近高騰が続く野菜を食べ放題にして、客を取り込もうという考えで。

なので、通常のランチビュッフェの料理に加えて、野菜を中心とした料理が増え、準備の手間もかかっている。

それ自体は大した仕事量ではないのだが、サラダのコーナーなどは取り方が雑な客が多いのか、こまめに見栄えを整えるという細かな作業が付いてくる。

ドレッシングを零《こぼ》したり、野菜のポタージュを零したり、自分の欲しいものだけを盛り付けた料理をほじくり出して取ったり。

チェーンのファミレスならそのままでもいいのだろうが、一流ホテルのカフェとしては、それを放置はできない。

お客様には、いつも美しく清潔感を持っていただかなければ。

元々考えていたビュッフェの料理はそういうことがないようなものを選んで用意していたのが、急遽《きゅうきょ》決まったベジタブルフェア用の新しい料理はそこまで想定していなかったのだろう。

一度入口に休憩の札を掛け、テーブルを組み直し、料理を並べる。

既に期待に胸を膨らませるお客様が数人並んでいるのも見えた。

俺のため息の理由は、もちろんランチビュッフェではない。

三日、朝食の席に松永さんが現れないことだった。

十時となれば、もうモーニングの時間は終わり。

社長とはいえ会社勤めの彼がこんな時間に朝食を摂りに来ることはない。今ランチはビュッフェだから、昼に彼が来ることもなかった。

男一人でランチビュッフェは敷居が高いのだろう。

日中に来る時は、仕事関連の打ち合わせだが、今はフェアで騒がしく、ここを選んでもらえるとも思わない。

つまり、毎朝九時頃になると、彼の来店は諦《あきら》めなくてはならないのだ。十時まで待つのは、未練だろう。

松永さんがここを訪れるのはただのルーティンであって義務ではない。

だから来ない日があっても当然だ。

来ないのですか、とメールを送ることも考えた。

電話番号も、メールアドレスも教えてもらっているのだから、それは許可されていることだと思う。

会いたい、と言えばきっと応えてくれるだろう。

けれど、彼が『仕事、お忙しいようですね』と問いかけた自分に、『忙しくないと困るからね』と返したことを思い出すと手が止まる。

自分は雇われる身だから、勤務時間だけ働いていればいい。

でも彼は社長で、会社にいる時だけが仕事時間ではないだろう。

以前聞いた時は、街の不動産屋と違って、外国人や会社相手に大きな不動産を扱う会社なのだと言っていた。

先日は、廃業した温泉旅館を販売するために、客と一緒に自ら現地まで行ったとも聞いている。

夜だって接待があるし、海外の客と交渉する時にはあちらの時間に合わせて真夜中に商談ということもあるそうだ。

それを知っていながら、たった三日会えないだけで『会いたい』と零すのはどうだろう？

仕事の邪魔はしたくない。

男女の恋愛と違って、自分達には結婚というゴールがない。

どんなに愛を誓いあっても、互いを縛るものもなければ、縋《すが》る契約もないのだ。

縁起でもないが、もし彼が事故に遭ったりしても、俺には連絡は来ない。入院して面会謝絶になったら病室へ入る権利もない。

説明できる関係でもないし、肉親でもないから。

昨今、事実婚を望む人も多いというが、自分の愛する人の側《そば》に自分がいていいのだと公的に認められる制度を拒む人の気持ちがわからない。

この人の一番側にいることを認められているのは自分です、と声高に叫ぶ権利を手に入れられるのにもったいない。

結婚式を挙げたいとか、妻と呼ばれたいとかじゃない。

側にいていい、と認められる権利が欲しい。

でもそんなものは手に入らないので、俺はただ待つだけだ。

「ま、明日には来るかもしれないし」

来て、会えたら、本人に直接会えなくて寂しかったと言うことは許されるだろう。

そしたらきっと、松永さんも同意してくれるに違いない。

もし疲れているようだったら、労《いたわ》ってあげよう。

何かができるわけではないけれど、せめて笑顔だけは絶やさないようにしておこう。

だとしたら寂しかったと告げるのはマイナスかな？　会えなかったことを責めてるように取られないかな？

久々に会えて嬉しい、とだけ言った方がいいか。

いや、たった三日で久々もおかしいな。

「お待たせいたしました」

そんなことを考えながらビュッフェの支度を終え、並んでいた客の案内を始める。

明日になれば。

明日はきっと。

そう思っていたのに、翌日も松永さんの姿はなかった。

木曜と日曜が、俺の休みだった。

そして今日は木曜日だ。

俺は自分の部屋のベッドの中でうだうだしながらリモコンでテレビを点《つ》けた。時計を見るのが面倒だったので、テレビの番組で時間を確認しようとしたのだ。

腕に嵌めてるんだからちょっと目を落とせばすぐわかるのだが、何となく目を開けるのが億《おっ》劫《くう》だった。

テレビからは昼のワイドショーの司会者の声がする。

ということはもう十二時は過ぎているのか？　でもこの番組は昼前からもやってるし……。と思ったらニュースになったので、まだ十二時よりは前だと確認ができて、すぐに消してしまった。

テレビを観たかったわけではないので。

「もう六日、か……」

松永さんが店に姿を見せなくなって、もう六日が過ぎた。

毎日彼が来るのを待っていたけれど、通りすがることもない。

明日からは遅番になるので、もし彼が朝イチで来店したら、会うことも叶わなくなる。

でも、シフトは彼に伝えていた。

というか、彼の方が気にして訊いてきたのだ。

休みの日も知っているはずだから、今日も来ていないないだろう。

「会いたいなぁ……」

ほんの六日だというのに、寂しさが募る。

今まで、彼なしでどんな生活を送っていたのかも思い出せない。

松永さんとお付き合いを始めてから、毎朝のように彼の顔を見ることができた。

休みの日にも、外で食事をしたりして、二日と間を空けることはなかった。

でも六日だ。

明日会えなければ一週間だ。

俺はようやくはっきりと目を開け、枕元に置いたスマホを手に取った。

メールも、電話の着信も通知されていない。

何かの間違いがあるかも、と機動させてメールと電話の着信履歴を確認したが、彼からのものはなかった。

仕事だったら、『仕事が忙しくて暫く行けない』くらいのメールはしてくれると思っていたのに。

メールもできないほど、忙しいのかもしれない。

海外との取引で、昼夜が逆転しているのかも。

スマホをなくしてしまったとか、家に置き忘れて出張したのかも。

自分の中で、松永さんから連絡の来ない理由を色々考えてみる。

いつでもどこでもコンタクトの取れる世の中になってしまったから、繋《つな》がらないことに対する不安が大きい。

ある意味不便で不安な時代だな。

鳴らないスマホを元の場所に戻して、俺はまた布団の中に潜り込んだ。

昨夜は、久々にお姫様と騎士の夢を見た。

起きたらほとんど忘れてしまったけれど、どうやら父親の王様に婚約を認めてもらった後のことのようだ。

二人は並んで庭を散策していた。

庭を歩く夢は何度か見たが、時間軸の違いははっきりとわかる。

騎士であるグレンは、警護のためにエルミーナの側にいる。だからいつでも彼女を護《まも》れるように少し距離を置いて付いてゆく。

現代でいえば、ボディガードと保護対象の距離だ。

エルミーナの国に金鉱があるとわかってから、周辺国から彼女への縁談が増え、国王は他国の者を迎えて搾取されるよりはと、娘の恋心に気づいて騎士であるグレンとの婚約を認めた。

国内の有能な人物を夫とするために。

グレンを王様にするつもりだったのか、王配とするつもりだったのかはわからないけれど、二人なら国を上手《うま》く回せるだろうと考えたことは違いない。

そこから、暫くはエルミーナにとって幸福な時間だったと思う。

横恋慕した他国の王子が侵略して来るまでは。

皆を殺され、追い詰められ、最後に愛する騎士と共に城の塔から身を投げてしまうまでは。

昨夜の夢では、彼女と彼は手を繋いでいた。

グレンは戸惑っていたが、エルミーナは嬉しくてしょうがないという笑顔で、それを見ると
グレンも何も言わず苦笑していた。

見ているこっちが恥ずかしくなるほどピュアな恋愛だ。

「いいな……」

彼女達の悲恋はわかっている。

無残な結末も。

けれど、昨夜の夢に関してだけは羨《うらや》ましい。

愛する人と手を繋いで堂々と歩けていたのだから。

「俺……、いつまでこの夢を見続けるんだろう」

以前、グレンを騙《かた》った栗山《くりやま》さんが現れた時、俺は自分が『誰』で『誰』を愛しているのか悩
んだことがあった。

もう松永さんとの恋が始まっていたので。

エルミーナとしてグレンを愛しているのか、蒼井未来《みらい》として松永さんを愛しているのか。

迷い、悩んだ末に、俺は自分が蒼井未来であること、蒼井未来として愛した人が恋人だと確
信した。

エルミーナとグレンには悪いけれど、俺の人生は俺のものだ。

カフェで働く俺を見初めてくれて、男であっても愛してくれた。エルミーナのことを抱えていた俺のこともくだらないと笑うこともなく理解を示してくれた。

悩んでいる間も待ってくれた。

それが嬉しくて、今、ここに生きている俺を愛してくれた人を選んだ。

結局栗山さんはグレンではなかったので、俺はまだ現実でグレンには会っていない。

だがたとえ会ったとしても、きっと松永さんを選ぶという自信はあった。

だからもう夢を見る必要などないと思うのに……、まだ見てしまう。

「でもまあ、映画を見てると思えばいいか」

夢の中でグレンを見ても、もう心は動かなかった。

それよりも今は、松永さんのことを思い出す方が心が動く。

「会いたいなぁ……」

と零した時に思い浮かぶのは、凛々《りり》しい騎士ではなく、どこか艶《つや》めいた色気を放つ松永さんの姿だ。

最後のお泊まりデートだった時に見た、全裸の彼の後ろ姿を思い出して胸が騒ぐ。

スーツ姿もいいけれど、全裸でもカッコよかったな。

同性の裸にときめくなんて、彼と出会うまでは考えたこともなかった。

彼は、俺の裸にときめいたことはあるんだろうか？

……ありそうだ。

だから手を出してくれたのだろうし。

愛されてる、と思う。

愛してる、と思う。

だからこそ、会えないことがこんなにも辛《つら》いのだろう、と理解している。

俺はまたスマホを手にした。

アプリを立ち上げ、メールの画面を呼び出す。

『次はいつ会えますか?』

と打って、消した。

「重いと思われたくないんだよなぁ」

仕事だろうと想像がつく状態で会いたいとせっつくのは、俺のワガママだ。

忙しいとわかってるのにしつこくメールする、と思われたら嫌われてしまうかもしれない。

愛されてることを信じていても、嫌われる不安を抱くのは別物なんだな、と苦笑した。

そこではたと気が付いた。

もしかして、松永さんも俺からのメールを待っているんじゃないだろうか?

仕事が忙しくて会えないのに、会いたいの一言も送ってこないなんて、と思われていたらどうしよう。

このくらい会わなくても平気なのかと思われて、これからも長く連絡を取らなくても大丈夫だなんて思われてたら困る。

我慢と勇気の狭間《はざま》で揺れながら、俺はまたスマホの画面を睨《にら》みつけた。

重くならないような、責めたりしないような文面を考えて指を走らせる。

書いては消し、消しては書いて、やっと短い文章を打ち終えた。

『お仕事お忙しいようですが、お身体には気を付けて。また松永さんに会えるのを心待ちにしています。暫く遅番なので朝食には会えませんが、お時間が空いた時にはいつでも呼び出してください』

……我ながら営業メールみたいだ。

でも事務的な方が負担にはならないだろう。

「えい」

とばかりに送信する。

シュッと送信音がして、自分のメールが旅立つ。

「さ、起きるか」

一仕事終えた感覚でえいやっと起き上がり、ブランチにするか昼風呂にするか悩んでいると着信音が鳴った。

慌ててスマホに手を伸ばすと、通知画面に松永さんの名前がある。

こんなに早く返信してくれたんだ、と思うだけで嬉しかった。

『暫く仕事で忙しいから会えない。落ち着くまでもう少し待ってくれ』

言い訳のような文面だが、それでもほっとした。

この早さなら嫌々書いたものではない。忙しいのに、すぐに返信してくれたんだ、と。

さっきまでの悶々《もんもん》とした気分が吹き飛んで、口元が緩む。

待つのはもう少しだけだ。

ゴールが見えているなら、まだ待てる。

これからは、会った時のことを考えよう。

「旅行のこととか？」

先日の会話を思い出して、また顔が緩んだ。

浴衣姿の松永さんを想像して……。


だが、その期待もあまり長くはもたなかった。

遅番だから朝食に来ていたとしても会えないのはわかっていた。

けれどそれとなくフロアマネージャーに、「最近松永様いらっしゃいませんね」と言ってみると、「そうだねえ」と返された。

つまり、俺がいるいないに拘《かかわ》らず、彼は店に来ていないのだ。

「お忙しい人みたいだからね。蒼井くんは何か聞いてない？」

「いいえ。ただの客と従業員ですから」

自分で言って落ち込んでしまう。

「それもそうか」

外部から見たら、自分達はそれだけの関係なんだな、と。

「随分と親しくしてると思ってたんだけどね」

そう言われたので、少しは救われる気がしたけれど。

「いらっしゃらなくなる前に、お仕事が忙しいとはおっしゃってました」

「あの人、社長だったっけ」

「はい」

「じゃ、そういうこともあるんだろうね。他のホテルに鞍替《くらが》えされてないならいいけど」

「会社、この近くだって言ってましたからそれはないかと」

「今度いらしたら、サービスして引き留めるか」

フロアマネージャーは笑いながらそう言った。

他のホテルに鞍替え……。

彼の姿を見なくなって、もう二週間が経《た》とうとしていた。

一度メールを送っていたので、もう催促はできない。

だって、仕事が忙しいと、落ち着くまで待てと言われているから。

あの早さで返信のメールが来たのだから、無視されてるわけではない。ならば、メールが送れないほど忙しいと考えるべきだろう。

そこに追い打ちをかけるようにメールを送るのは辛抱が足りない。

自分にできることは待つことだけだ。

でも、やはり気にはなる。

真っ白な紙の上にポツリとインクが落ち、それが広がってゆくように、時間と共に不安が広がってゆく。

仕事が大変なのかな。

身体を壊しているんじゃないかな。

から始まって、段々と悪い方へ。

フロアマネージャーの言う通り、店を替えてしまったのかな。

会いたくないのかな。

自分が思うほど彼は俺のことを気にしていないのかな。

考えたくない方へ、思考が傾いてゆく。

でも、自分にはできることがない。

もっと近くにいられれば……。

例えば、彼がこのホテルで働いているとか、ずっと宿泊しているとか。

例えば、俺が彼の会社に勤めていれば。

例えば、一緒に暮らしているとか……。

もっと近くにいれば、声を掛けることが叶わなくても様子を窺《うかが》い知ることはできただろう。

でも、できない。

結婚のことを考えた時と一緒だ。

俺にはその権利も、機会もないのだと知って打ちひしがれる。

「そういえば、蒼井くんは英語できるよね？」

フロアマネージャーに訊かれて、慌てて意識を仕事に戻す。

「はい。日常会話くらいでしたら」

「今度、中国語もやってみないか？」

「中国語ですか」

「最近、多いからね。コンシェルジュの白井《しらい》さんは堪能だけど、我々の中にも一人対応できる人間が欲しいと思って」

「それで俺ですか？」

「蒼井くんならまだ若いから。私はもう無理だろうし。もしその気になったら言ってくれ。社の方に研修の申請出してあげるから」

「俺より、市川《いちかわ》の方がいいと思いますよ」

俺はフロアで接客している同僚に視線を向けた。

「物覚えはいいんだって自慢してましたから」

「彼にも誘いはかけている。まだ返事はないけどね」

なるほど、俺だからではなく若手全員に声掛けしているのか。

「では、俺も保留で。自分でちょっと齧《かじ》ってみていけそうだったらやってみます。でもダメだなって思ったらお断りしますから」

「無理にとは言わないよ」

「中国語ができる人間を雇うことは？」

フロアマネージャーは少しだけ困った顔をした。

「新しい人間を雇う余裕はないから、今いる人間を大切にしたいんだ」

その言葉で、中国語ができる人間が入ったら誰かが押し出されるのだろうな、とわかった。

新しい人が来れば、古い人が押し出される。まるでイス取りゲームだ。

でもフロアマネージャーはそれを善しとはしていない。ちゃんと俺達のことを考えてくれているのだ。

「では前向きに」

考えてることはわかりました、というように俺は言葉を選んだ。フロアマネージャーもこちらが理解したことを承知して笑みを浮かべた。

「外国のお客様がいらっしゃるのは歓迎だけれど、やはり言語には苦労するよ」

丁度その時、常連のお客様が入店してきたのでフロアマネージャーが離れて迎えに出た。

白髪の美しい女性は、フロアマネージャーの担当の方だから。

「いらっしゃいませ、前園《まえぞの》様。窓際のお席にいたしますか？」

「ええ、お願いするわ」

俺が松永さんに付いていても目立たないのは、ウエイターそれぞれに同じような馴染《なじ》みの客がいるからだ。

目の前で微笑みながら会話する二人を見て、自分と松永さんもこんなふうに見られているのだろうな、と思った。

それは少しだけ嬉しくもあり、寂しくもあった。

フロアマネージャーと前園様に何か関係があるわけではない。ただの客と従業員だ。自分達はそれと一緒なのだ、と。

だから、二週間もの間、メール一つしか係《かか》わりがないのだ、と言われているようで。

「今朝、松永様いらしたよ」

遅番として店に出て、一番に掛けられた言葉に胸が締め付けられた。

「いらしたんですか?」

会いたかった。

会えなかった。

「うん、相変わらずカッコよかったけど、今朝は同じくらいカッコいい男性と一緒だった」

「え? お一人でモーニングじゃなかったんですか?」

「違うよ。お友達かな? 凄《すご》く親しげに話してたから」

「お仕事の相手じゃなく?」

「モーニングの時間帯に仕事の相手は連れてこないだろう。オーダーもいつものじゃなかったし」

ああ……。

白い紙にインクが落ちる。

「俺が対応してさ。一応、生憎《あいにく》と蒼井は遅番でしてって言っといた」

「……何か言ってた?」

「いや、別に」

落ちたインクが染みて、大きく広がってゆく。

「大丈夫だって、担当が出て来なかったからって怒るような人じゃないだろ？」

視線を落とした俺の態度を誤解して、彼がフォローを入れてくれる。

そうじゃないんだけどな。

「ここに来るお客様は、やっぱりちょっと格が違うよな」

「格？」

「今日見ててそう思った。松永様もお連れ様も、セレブって感じで。一見《いちげん》さんの客は普通なんだけど、常連の方々は時間を楽しんでる感じでさ。ほら、よくいらっしゃる安西《あんざい》様なんて、王様か貴族かって感じじゃん」

言われて、白髪の混じったグレイの髪を綺麗《きれい》に撫でつけた髭《ひげ》の紳士の顔を思い出す。

細身の身体に似合ったスーツ、握りが銀の鳥の形をしているステッキをついて現れるお客様は、確かに王侯貴族のようだ。

「俺達とは違う世界だよなぁ」

その一言に、また胸が痛んだ。

自分と松永さんが違う世界の住人だって言われたみたいで。

だめだな。

最近どうも考えが暗い。

「ウォーターチェックに出て来る」

同僚との会話を打ち切り、俺は水の入ったポットを持ってテーブルを回り始めた。

笑顔を浮かべ、客達の間を歩きながら水をサーブする。

距離が……、開いてゆく。

会わないと、松永さんとの距離がどんどん遠くなる気がする。

遠くなって、繋がっていたものが途切れていく気がする。

当たり前のように続いていた日々が、消えていきそうな気がする。

そんなはずはないのに。

……ないはずなのに。

松永さんと恋人になってから、二週間会わないのは初めてだからだろう、寂しい。

顔を見るだけでもいいんだけどな。

言葉を交わさなくても、ちょっと目を合わせるだけでいいんだけどな。

すれ違って、目を合わせ、少しだけ微笑んでもらえたら、またあと二週間ぐらい我慢できるんだけど。

それが上手くいかない。

……エルミーナとグレンもこんな感じだったのかなぁ。

身分違いの二人だから、一緒にいられないことは多かっただろう。二人は離れている時どんな気持ちだったのだろう。

彼等は互いに想い合ってはいたみたいだけど、恋人という確証を得られないまま過ごした時間は長かったはずだ。

エルミーナが『彼には誰か想う人がいるのかしら？』と不安になった日々もあっただろう。

残念ながらグレンの気持ちはわからないけど。

身分が違う。住む世界が違う。そう思って互いに諦めたこともあったはずだ。

それに比べれば自分はまだマシじゃないか。

俺は気持ちを切り替えた。

会えなくても、恋人だという気持ちはある。愛されてると信じられる。

仕事が終わったら、会えるんだし。

いつまでも前世の夢に捕らわれていてはいけないと思うのに、また思い出していることに気づいて軽く頭を振った。

忘れなきゃ。

俺が愛しているのは松永さんなんだから。

不安があったとしても、それは妄想だ。何か不安を煽《あお》る事実があったわけではない。自分が勝手に落ち込んでいるだけだ。

夢の中の彼等に比べたら、自分は幸せなのだから。

今日来たというのなら、そろそろ仕事が落ち着いてきたのかもしれない。遠からず、食事の誘いのメールが届くかもしれない。

「……会社、近いんだったな」

いっそ、会社を訪れてみようか？

中まで入って面会を求めるほど厚顔無恥ではないが、外から彼の働いている場所を見るだけでも落ち着くかも。

行ったことはないけれど名刺は貰《もら》ってるし、住所を打ち込めば地図検索で場所もわかるはずだ。

遅番だから、帰る頃にはもう営業時間は終わっているだろうが、その方がいい。外からぼーっと眺めていても怪しまれることもないだろう。

昼休みに場所を確認しておけば、すぐに向かえるだろう。

まだ職務に付いたばかりだというのに、俺は既に帰りのことを考えていた。

松永さんのことを。

松永さんの経営する不動産屋、リアル・エステート『昴《すばる》』はホテルから歩いて十分ほどのところにあった。

ホテル・ロワイヤルは、駅から少し離れている。

普通の宿泊施設なら不便と思われるかもしれないが、そこが高級ホテルたる所以《ゆえん》である。

電車の音が届くところなんてあり得ないし、駅近では広大な敷地を確保できない。

そしてお客様は電車でいらっしゃる方は少ない。皆、自家用車かハイヤー、タクシーの類《たぐ》いで来訪する。

そうでなくとも、ホテルの立派な送迎バスがある。

だが、『昴』は駅の近くだった。

スマホで調べた地図だけでは心もとなく、ガイドアプリも利用したので迷う事なく目的地にたどり着けた。

駅前というほどではないが、大通りに面した立派なビルだ。数えはしなかったが、多分五階建てぐらいだろう。

外壁は一面濃いブルーのガラスだが、一階だけが透明になっていて中が窺える。

まずは一回さりげなくその前を通ってみる。

建物の端は地下へ続く駐車場の入口になっていて、そこを過ぎると開放的な透明ガラスの入口だ。

覗《のぞ》いてみると、営業時間は終わっているはずなのに明かりが灯《とも》っていて、うっすらと受付らしいカウンターが見えた。

入口横にはビルのテナントを示す案内板があり、一階の表示はないが二階は旅行会社、三階、四階、五階が『昴』になっている。

ひょっとして自社ビル？

玄関横には幾つかの物件案内が示されていて、やはりショーケースになっていたようだが、その物件が凄かった。

都心のビルとか、有名観光地のホテルとか、金額は何《いず》れも億単位だ。

中には一軒家もあったが、それも億超えだった。

今まで、彼が大きな物件を扱う大きな会社の社長としか知らなかったが、ケタが違う。

言葉だけで『海外の取引先』とか『ホテルの売買』とか言われていてもピンときていなかったが、実際目にすると本当に違う世界の人だと思ってしまった。

自分はしがないカフェのウエイターなのに。

気後れして、ゆっくりとビルの前を通り過ぎ、少し離れてから近くにあるチェーン店のカフェの入口横に立った。

ここなら、突っ立っていても待ち合わせをしてると思われるだろう。

「……びっくり」

思わず声に出してしまうほどの驚きだった。

こんな立派な会社の社長なら、忙しさも想像以上だろう。

今までよく俺なんかと会う時間を作ってくれたものだ。

会社を見たら、松永さんが働いている姿を想像できるかと思ったけれど、こんなに立派なビルで彼が何をしているかなんて考えたくない。

俺も、仕事柄多くの人と出会っている。けれどその大半は一度きりのもの。

けれど松永さんはこの大きな会社の中で、多くの人と一緒に過ごしているのだろう。

社員もいっぱいいて、その人達と長く、親しくしている。

社員なら、自分より松永さんのことをよくわかっているだろう。自分の知らない彼の姿を見ることもできるだろう。

「俺なんかのどこがよかったんだろう……」

自信をなくしてポツリと呟いた時、一台の車がスーッと道を外れて『昴』の前に停まった。

駐車場に入るのではなく、歩道に前輪を乗り上げて玄関前で停車したのだ。

そしてその車には見覚えがあった。

もしかして……。

助手席のドアが開き、スーツを着た長身の男性が姿を見せる。

松永さんだ。

何てラッキーな。

声を掛けようと思ったが、彼が降りて来たのが助手席からということは、運転席に同乗者がいるということだ。

でもあれは松永さんの車のはず。

……誰が運転していた？

思わず建物の陰に隠れるようにして黙って見ていると、運転席側のドアも開いて男性が降りてきた。

「最近ポカが多いよ、竜一《りゅういち》」

見知らぬ男の声に、胸がズキリと痛む。

「うるさいな。五分で戻る」

ああ、やっぱり松永さんの声だ。

見間違いじゃない。

松永さんはそのままビルの玄関のカギを開け、中に入って行った。

残った男性はドアを開けたまま車の横に立っている。

背が高く、ジャケット姿のせいかちょっと軽い印象を受ける。明るい髪色で会社員にしては髪は長め、目鼻立ちのはっきりした顔は整っていて、濃いめの美形だ。

よくはわからないが、身につけているものは高級品っぽい。

ふっと、今日松永さんと一緒に店に来た男性というのは彼ではないかと思った。

仕事相手？　社員？

どちらとも思えない。

服装や髪形だけではない、松永さんのことを『竜二』と下の名前で呼んだから。普通、ビジネス関係の人なら下の名前では呼ばないだろう？

……俺だって、松永さんのことを下の名前で呼んだことなどない。

誰なんだろう。

どういう関係なんだろう。

また、心にインクが落ちる。

今までになかったほど速く大きく染みが広がってゆく。

暫くすると、松永さんがビルから出てきた。

「悪かった」

「お前さ、気が緩んでるよ。一昨日も飲み屋でスマホ忘れただろう」

「店出る前に気づいただろ」

「仕事の方でポカしたら困るぞ」

「仕事はちゃんとする。問題ない」

「どうだか」

「うるさいな、いいから行くぞ。運転ちゃんとしろよ」

「俺の腕を信用しろって」

「さっきの停め方を見る限り心配だ」

「何でだよ、ちゃんと停めただろ」

二人は軽い会話を交わしながら再び車に乗り込んだ。

ドアの閉じる音がし、エンジンがかかる。

少しだけバックし、通りに戻り、そのまま走りだした。

俺は……、松永さんに声を掛けられなかった。

偶然ですねとか、松永さんじゃないですか、ぐらい言えば気づいてくれたかもしれない。

でも声が出なかった。

動くこともできなかった。

その人は誰ですか？

どうして名前で呼び合ってるんですか？

友人なのかもしれない。けれど友人と飲み屋や肉を食べに行くと言ってるなら、何故俺にメールの一通もくれなかったんですか？

友人だとしても、どうして自分の車を運転させてるんですか？

疑問が次々に浮かび上がる。

膨れ上がって、喉を塞《ふさ》ぐ。

俺はスマホを出してメールを打った。

この間は打つのにあれだけ悩んでいたけれど、今はすぐに確かめたくて指が動いた。

『今、お仕事中ですか？』

それ以外の言葉が浮かばなくて、それだけを送信する。

返信が来るまでの時間は、とても長く感じた。

実際はそれほどではなかったのかもしれないけれど、俺には途方もない時間のように感じられた。

『仕事中だけど、何か用事があるかい？』

やっと届いたその返信に目眩《めまい》がした。

今、仕事中？

あの人と仕事をしているの？

短い文面は、『仕事中なのにメールするな』という印象も受ける。

いや、そんなはずはない。

そんなことは書いてない。自分が勝手に悪く受け取ってるだけだ。

『今日カフェの方にいらしたと伺ったので。会えなくて残念でした。お仕事のお邪魔してすみませんでした』

とだけ返信する。

また暫くして返信が届く。

『気にしなくていい。また今度会おう』

短い。

もっと言葉が欲しいのに。

たったそれだけ？

今まで、メールでのやり取りは何度もあった。

でもいつも会ってしまうから、長い文章をやり取りすることはなかった。だから、短いのはいつも通りというべきだ。

けれど今は、もっと言葉が欲しかった。

会社の付き合いで出ている最中だとか、友人と会ってるんだとか、会えなくて寂しいとか。

離れていることを寂しがっているのは俺だけじゃないという言葉が欲しかった。一緒にいる親しい人が誰なのかを教えてくれるとか。

ここまで考えて、ふっ、と俺は息をついた。

「そんなこと、できるわけないよな……」

彼は、俺がここにいることを知らない。今の様子を見ていることも知らない。

だとしたら、友人や仕事関係の人間の前で『会いたい』や『寂しい』なんてメールを送れないのもわかる。仕事だと言ってるのに、『今一緒にいる人間はこういう人で』と説明するのなんておかしい。

わかってる。

わかってるけど……。

寂しいという気持ちは拭《ぬぐ》えなかった。

下の名前で呼び合うほど、今日も一昨日も一緒だったらしい人との関係がはっきりしないことへの不安も消えなかった。

それが我儘《わがまま》なことだとわかっていても……。


彼女の、刺繍《ししゅう》をしていた手が止まる。

針を刺していたハンカチーフを広げ、出来上がりを確かめる。

あともう少しで出来上がるそれは、初めて刺す図案だったので不安だった。

盾の前にクロスした剣。

いつも、彼女が刺す図柄は、花や鳥ばかりだった。

女性らしく、美しく可愛《かわい》いものが好きだから。

それに比べれば剣と盾など直線的で簡単なものだろうと思うのだが、そうではないらしい。盾には紋章が描かれているし、剣は柄のところの握りの模様まで細かく再現されている。恐らくそれには実在のモデルがあるのだろう。

きっと、これは『彼』のものだ。

そう思った途端、意識はぼんやりと記憶を取り戻した。

ああ、これは『彼』の誕生日に贈る品だ。

この時、まだ二人は婚約者ではなかった。

互いの恋心は確認していながら、秘密の関係だった。

騎士から姫への贈り物は、いつでも許される。それが確実に姫の手元に渡るかどうかは別として。

家臣からの敬意と忠誠の証《あかし》としての貢ぎ物なら、ある程度以上の品物は皆が贈っている。

宝石、手鏡、織物、珍しい小鳥。王侯貴族達からは、それこそ目も眩《くら》むような品々が届けられている。

国民達からも、花や手紙が届くこともあった。

だが、姫から誰かに贈り物をするのはダメらしい。

そこには明確な意味を求められてしまうから。

褒賞とか、恩賞とか、それ『以外』とか。

誰が見ても問題ない理由がないと、勘ぐられてしまうのだ。

だから彼女、エルミーナは『彼』、グレンに今まで贈り物をしたことがなかった。

一緒に庭を歩いている時に手折った花でさえ、『はいあげる』と言うことはできない。そういうものはたとえ捨てるものだとしても侍女が受け取る。

それでも、彼女は何かを彼に贈りたかった。

たとえ結ばれなくても、自分が彼に心を傾けた証を、彼に渡したかった。

あなたが好きです。

あなたを愛しています。

たとえこの身を捧《ささ》げることができなくても、遠く離れても、自分のことを思い出してくれる縁になるものを残したかった。

健気《けなげ》だ。

キスすらできない相手だとわかってるのに。

でも少しだけわかる。

純愛だと思う一方で、これは執着でもあるんだろう。

たとえ他の人を愛しても、私を忘れないで、という。

時折思い出すだけでいい、夢の中で見かけるだけでもいい。忘れられてしまったらいなかったことになってしまう。

いなかったことにされたら、自分の気持ちも消えてしまう。

それが悲しいから、何かを残したいのだと。

もう数針刺して、銀の糸で剣の輝きを足したところで端を結んで上手《うま》くその糸玉を隠す。

裏から見ても、ちゃんと綺麗《きれい》に見える。

この柄ならば、誰かに見られても変に思われないだろう。

騎士が、自分の家紋の入った盾と騎士の象徴である剣を刺繍したハンカチーフを所持するのはおかしいことではない。

この刺繍のことは、侍女達にも知られてはいない。

渡せるまで、誰にも見つからないようにしないと。

でも……。

渡せるかどうかはわからない。

でも自分は知っている。

このハンカチーフはちゃんとグレンの手に渡ると。

日課にもなった庭園への散歩の時、彼女は花を見るふりをしてしゃがみこみ、まるで今拾い上げたかのようにして彼にこれを渡す。

『落とされましたよ』

頬《ほお》を染め、緊張し過ぎて潤んだ瞳で、そっと差し出すのだ。

別の夢で見たワンシーン。

騎士は生真面目《きまじめ》にも一瞬『私のでは……』と言いかけるが、ハンカチーフの刺繍が自分の家紋であることと、彼女の様子に気づいて受け取ってくれた。

『ありがとうございます。これは私の宝物なのです』

と笑って。

『死ぬまで肌身離さず持ち続けたいものです』

実際、彼等が身を投げた時、彼の懐にこれが残っていたのかどうかはわからない。

でも受け取って貰《もら》えた時、彼女は彼に背を向けて少し涙ぐんでいた。

わかってくれた。

受け取ってくれた。

ただそれだけが嬉《うれ》しくて。

自分の気持ちが、彼の中に残ってくれる。

それだけで嬉しくて……。

目を開けて、ふーっと盛大なため息をつく。

またあの夢だ。

どうしてまだ見るんだろう。俺には今の恋で手一杯だっていうのに。

昔の、というか前世の終わった恋のことなんかどうでもいいじゃないか。

俺は松永《まつなが》さんを選んだんだから、他の男のことを考えたってしょうがない。

それとも、今更グレンの生まれ変わりを愛せというのだろうか？

ベッドから起き上がって軽く頭を振る。

そんなこと、あり得ない。

もし夢が真実であっても（実際栗山《くりやま》という男が同じ記憶を持って現れたのだからその可能性はかなり高いが）、同じ時代に、恋愛対象になる年齢で現れるなんてことはないだろう。

しかも再び出会うなんて。

地球の真裏で百歳のおばあちゃんだった、ってことだってある。もう既に亡くなってたり、これから産まれたりするのかもしれない。

俺が松永さんを愛したように、相手も誰かと結婚しているかもしれない。

それでも、この夢を見たら少しだけ怖くなる。

もしグレンと出会ってしまったら……。

こんなにも松永さんを愛していると思いながら、グレンの生まれ変わりである『誰か』を強制的に好きになってしまうのではないか、と。

だって、天文学的な偶然で出会ってしまったら、それはもう運命じゃないか。

深呼吸を一つして、心を落ち着かせる。

恐怖は『少しだけ』だ。

見えない暗闇にオバケがいるのでは、と怖がる程度のものだ。

俺は今の自分を見てくれて、愛してくれた人を、自分の意志で選んだ。

絶対にそこは間違えない。

ベッドから降りて自分の部屋を見回せば、現実味が増す。

洗面所で顔を洗って化粧水を付け、鏡を覗《のぞ》けば目も覚める。

俺は男で、蒼井《あおい》未来《みらい》だ、と。

着替えてから簡単な朝食を作って腹に入れ、テレビで時間を確認しながらいつものように出勤する。

電車に揺られ、従業員用の入口からホテルへ入り、ロッカールームで着替えてから店に出るのが『現実』だ。

「おはようございます」

フロアマネージャーに声を掛けると、軽く会釈を返される。

ランチビュッフェのフェアも終わり、店はいつもの静けさを取り戻していた。

モーニングの時間帯こそ、宿泊客が朝食を摂りに来るが、昼間は皆チェックアウトしたか自分達の用事で出掛けている。

昼食を摂りたい人々は地下と最上階にあるレストランへ流れているだろう。

とはいえ、客が全然いない訳ではない。

連泊の客のブランチや、高級ホテルで商談をという人々、静けさの中でティータイムをという人もいる。

レストランの食事では重過ぎるからと、こちらを選ぶ客も。

だが今は、昼食にはまだ早い時間なので、見回してもチェックアウトを終えたばかりらしい客が三組、ビジネスマンらしい客が一組。どういう関係かはわからないが、年配の男性と若い女性の組み合わせが一組だ。

「今日は団体ナシ？」

と同僚に訊《き》くと、短く「ナシ」と返ってきた。

高級ホテルとはいえ、時々ロワイヤルでも団体客を受け入れることはある。主に外国からのツアー客だ。

富裕層の客だが、あまりマナーのよくない者もいるので、ホテルの営業的には歓迎なんだろうが個人的には歓迎したくない。

ゆるゆるとしたいつもの時間。

礼儀正しく接客して、にこやかに送り出す。

何度かそれを繰り返した後、フロアマネージャーの「いらっしゃいませ」という声が聞こえた。

新しい客かとそちらへ視線を投げかけた俺は、パッと顔を輝かせた。

松永さんだ。

なんだ、昨日仕事が落ち着いたのか。だから友人と飲みにでも行ったのだろう。

そう思ったのもつかの間、彼の背後から続いて入って来た男性を見て顔が強《こわ》ばる。

昨夜の男性だ。

あの明るい髪色は間違いない。

松永さんはいつも通りのスーツだが、今日も男性は髪の色よりも明るいブラウンのジャケットで、襟元には臙脂《えんじ》色のスカーフが見える。

昨夜は軽い印象を受けたが、よく似合っているし下卑た感じもない。自分に似合うものを知っている、という印象だ。

「いいとこじゃん」

言葉遣いはラフなようだが。

二人はそのまま店内に入ってきた。

いつも松永さんが座る窓際の席へ向かったが、連れの男性はフロアの中央にあるソファ席を見ると「ここがいいよ」と先に腰を下ろした。

店の飾りのようにアンティークっぽいソファの置かれた席に腰を下ろすと、長い脚を組んで背もたれに腕を広げてもたれ掛かる。

とても仕事の相手には見えない態度だ。

俺は水の入ったコップとメニューをトレーに載せて二人に近づいた。

「いらっしゃいませ」

向かい合わせに座った二人の前にコップとメニューをそれぞれ置く。

「いらっしゃいませ、松永様」

ウエイターとして常連客の名前を呼んで迎えるのは不思議なことではないので、その名前を口にする。

「凄《すご》いな、竜一《りゅういち》。名前も覚えられてるんだ」

……また下の名前。

「朝食はここで食べることが多いからな」

「へえ、自炊してるのかと思った。今朝もなかなかの手つきだったじゃないか」

「あれは冷凍食品だ」

「マジ？　美味《おい》しかったけど」

今朝……。

この人、松永さんの家に泊まったのか？

しかも朝食も作ってもらった？

サッと血の気が引く。

だがすぐに友人ならそういうことだってある、と思い直す。

「ご注文は？」

「カプチーノで。お前は決めたのか、祐吾《ゆうご》」

……え？

松永さんも下の名前呼び？

「お前は行きつけの店だからすぐ決められるかもしれないけど、俺は初めてなの。ゆっくり選ばせろよ」

祐吾と呼ばれた男性はメニューをゆっくりと捲《めく》った。

「お決まりになりましたら、お呼びください」

「あ、ちょっと待ってて」

一旦《いったん》下がろうとした俺を、祐吾さんが引き留める。

「すぐ決めるから」

「ごゆっくりで構いませんよ」

二人の親しい姿を間近で見るのは辛《つら》かった。変な関係なわけないじゃないかと思い、自分が会えなかった時間をこの人が独占していたのではないかと気になってもやもやする。

複雑な心境だ。

それでも、仕事だからまだ笑みを浮かべることはできた。

「仲のよいお友達でいらっしゃいますね」

さりげなく二人の関係を確かめたくてそう言うと、何故か松永さんは表情を曇らせた。

「友人じゃない」

その一言は安心していいのか、不安に思うべきか。

「それは失礼いたしました。お仕事でしたか」

更に続けると、メニューに目を落としていた祐吾さんから声が飛んだ。

「恋人」

メニューから顔を上げ、ニカッと笑う。

「……え？」

俺が呆《ほう》けた声を上げると同時に、松永さんが祐吾さんの脚を蹴《け》った。

「祐吾」

怒った声。

顔が強ばる。『仲がよろしいですね』ぐらい言って流さなきゃいけないのに、表情筋がピクリとも動かない。

恋人？　この人が？

呆然《ぼうぜん》と見つめると、目の前で明るい笑顔だった祐吾さんの顔が蔑《さげす》むような冷たい表情にスーッと変化してゆく。

挑むような目付きで、口元だけまた笑みを浮かべる。

「ゲイ、嫌い？」

「いい加減にしろ。ここは日本なんだぞ」

松永さんの言葉に彼は肩を竦《すく》めた。

「はい、はい。ＬＧＢＴ後進国ね」

「私を怒らせたいのか」

「そんなわけないだろ。ただ、一流ホテルでもそういう偏見があるんだなぁと思っただけ。露骨に表情変えるなんて、キミ接客業失格だね」

目眩《めまい》がする。

彼の言う通りだ。ここは仕事場で、俺の態度でこの店の、ホテルの評価が変わる。嫌悪ではなく驚きだとしても、彼が不快に思えばそれまでなのだ。

「失礼いたしました」

俺は深く頭を下げた。

「いいよ、別に。面倒だから俺もカプチーノでいいや」

謝罪しようと思ったのに、『いいよ』と言われて後を続けられない。

「かしこまりました。カプチーノお二つですね」

「従兄弟《いとこ》だよ。竜一を悪く言われたくないから、それを信じといて」

「悪くなど思いません。私の態度がお気に障りましたら、深く謝罪させていただきます」

俺はもう一度頭を下げ、ホールへ戻った。

「カプチーノ二つ」

とオーダーを告げるとフロアマネージャーがやってきて、「トラブルか？」と訊《き》く。

「いえ、ちょっと行き違いです。大丈夫です」

「そうかい。まあ、松永様なら大丈夫か」

「ええ」

全然大丈夫ではなかった、俺が。

頭がガンガンする。目眩がする。身体中の血が下がって貧血を起こしそうだ。

足にも力が入らなくて、カウンターに手をついて身体を支えなければならなかった。

従兄弟と言われたけれど、それを信じろって？　それならどうして松永さん自身がそう説明しなかった？

いつも店に来れば、たとえ仕事の相手と一緒でも笑顔を向けてくれていたのに、今日は一度もちゃんと目を合わせなかった。笑顔もない。

祐吾さんのあの挑むような目は何？

何日も一緒にいるらしいことが、昨夜連れ立って出掛けたことが、彼の部屋に泊まって松永さんと朝食を摂ったということが、ぐるぐると頭の中を回っている。

ここではただの客と従業員でしかないから、俺には説明を受ける権利はない。

不安があっても、それを払拭《ふっしょく》する方法がない。

地面がゼリーみたいにぐにゃぐにゃして、身体の軸がブレる。

立ってなきゃ、笑ってなきゃと思うのに、上手くいかない。

「カプチーノ上がり」

カウンターに差し出されるコーヒーカップを持って、再び彼等の席へ向かう。

行きたくない。何を話しているのか聞きたくない。またあの目で見られたくない。

それでも、行かなくちゃ。

いつもなら鼻孔をくすぐる芳ばしいコーヒーの香りがするのに、何の香りも感じない。

「まだ気にしてるのか？　ばかばかしい」

松永さんは、俺に背を向けて座っていた。こちらを向いて座っている祐吾さんは俺の方を見てもいなかった。

そんなに大きな声ではなかったけれど、近づくと彼等の会話が聞こえた。

「転生なんてばかばかしい」

ガン、と頭を殴られたような衝撃に足が止まる。

「今そういうの流行《はや》ってるんだっけ？　現実に満足できない子供の考えだよ、気持ち悪い」

まさか……。

その人に……、話したの？

それとも、今の流行りと言ったから、ノベルとか漫画の話？

「その話は止めろ」

「真面目な顔で相談するから心配してるんだろ」

相談……、俺の話か。

「とにかく、ここでその話はするな。それよりいつこっちへ引っ越して来るんだ。その話をするんだろう」

「まあ来月にはとは思ってるけど。遅いか？　俺だって早く竜一の側《そば》に来たいけど、まだ色々となあ」

歩け。

笑みを浮かべろ。

考えるな。

トレーの上でカチャカチャと鳴っていたカップの音を静めて近づく。

「お前が必要だと言っただろう」

インクが……、真っ白な紙の上に零《こぼ》れる。もう雫《しずく》などではなく、ビンを倒したようにバッと白い紙を染めてゆく。

「わかってるけど……」

拗《す》ねるようにそっぽを向いた祐吾さんと目が合いそうになって最後の数歩を速足で進む。

「お待たせいたしました。カプチーノでございます」

「何でも竜一の思う通りにはしてあげられないよ」

俺が近づいても会話は止まらない。

「ああ、ありがとう。だが約束しただろう」

一言俺への礼は聞こえたけれど、会話は続く。

「約束したけど、全部すっきりさせてから来た方がいいだろ？」

「まだ前のと揉《も》めてるのか」

「しつこいんだよな。まあ執着されるほど魅力的ってことなんだけど」

「どうでもいい。後で揉めないように身綺麗にしてから来いよ」

「はい、はい」

カップを置いて、無言で頭を下げる。

祐吾さんがまたちらりと俺を見て、不快そうな顔をしたのがわかった。

けれど俺は何も言わず、一礼してすぐにその場を離れた。

「仕方ない。愛《いと》しい竜一のためだ。さっさと別れてくるよ」

「そうしてくれ」

視界が揺らぐ。

ずん、と身体が重たくなる。

何とか戻って来ると、同僚の肩に手を置き「三番行ってくる」と告げる。

三番はトイレの隠語だ。

「大丈夫か？　真っ青だぞ？」

「気持ち悪い……」

「早く行ってこい。ここは大丈夫だから」

「ああ……」

祐吾さんに、俺のことを相談したの？

彼が必要なの？

愛してるという言葉が簡単に出て来るような関係なの？

前の男と別れて身綺麗にして早く来いと言ってるの？

それとも別の意味があるのか？

ふらふらと壁に手をつきながらトイレへ向かう。

心が黒く塗り潰《つぶ》される。

まともな思考ができない。想像が全《すべ》て悪い方に向かってしまう。

イス取りゲーム。新しいものを望んで古いものを追い出す。新しい恋人ができて、古い恋人を追い出す。

恋人のイスは一つだけ。

そこに座るのは誰？　俺？　彼？

いや、そんな話じゃないかもしれない。

でもそれならどうしてずっと会ってくれなかった？　連絡も俺の方がするまでしてくれなかった？　今も挨拶《あいさつ》も笑顔もなく目も合わせてくれない？

普通に笑いながら入ってきて、久し振りだと、また来たよと声を掛けてくれれば、こんな話を聞いても気にしなかったのに。

ずっと会わなかったままこんな話を聞いてしまったら、悪いことを考えることしかできないじゃないですか。

便器にしがみつくようにして、吐いた。

涙が出るまで吐き続けた。

汚いと考える余裕もなかった。

胃がグルグルして、胸が苦しくて。生まれてしまった悪い考えを自分の中から追い出すように吐き続けた。

吐くものがなくなるまで吐いてから、赤くなった目元を洗っているとフロアマネージャーが様子を見に来てくれた。

真っ青になり、泣き腫《は》らした目を見ると、今日はそのまま帰るように言われた。そのままでは客前に出せないから、と。

「大丈夫か？」

「食あたりかもしれないです」

「風邪とかじゃなく？」

「はい、吐いたら少しすっきりはしたので……」

「それならいいが。今日はもう帰れ」

「……すいません、お言葉に甘えます」

不思議だ。どうして平気な顔をして受け答えができるんだろう。マネージャーを安心させるために笑みさえ浮かぶ。

胃の中だけじゃなく頭も空っぽなのに、ちゃんと歩いてロッカールームに向かえてる。着替えだってできた。

けれど、電車に乗って帰るのは無理だろうとタクシーで家に戻った。

大袈裟《おおげさ》だ。ちょっとそれっぽい会話を聞いただけなのにこんなにショックを受けるなんて。

それだけ、自分が彼を愛しているのだと自覚した。小さな傷でも身体中の血を流すほどの辛さを味わってしまうのだと。

心が、黒く染まる。

色づいた『黒』は『闇』になって俺を呑《の》み込む。

考えるな。考えても悪いことしか思いつかないのなら、考えるな。

自分にそう命じて、俺は思考を停止させた。

思考を闇の中に落とし込んで……。


部屋に戻ると、そのままベッドに倒れ込んだ。

吐き気は治まっていたが、動く気力もない。

指一本動かすのも億劫《おっくう》なくらいの倦怠感《けんたいかん》に襲われる。

停止した思考の中に浮かぶのはただ一人の姿だった。

「……松永さん」

その名を呼んだ途端、乾いた笑いが零れた。

ハハ……ッ、こんな深い悲しみの中にあって、思い出すのは松永さんじゃないか。グレンのことなんかこれっぽっちも思い出さなかった。

自分が傷つくのは、苦しむのは、悲しむのは、松永さんのことでしかない。

今自分を襲う混沌《こんとん》の中で、それは唯一の救いだった。

やっぱり俺は松永さんを選んでいたのだと。

だから？

その唯一人の人を失うかもしれないのに、こんなことで安堵《あんど》を得ていいのか？

いや、失ったわけじゃない。まだ不安なだけだ。

別れようとか、祐吾さんの方が好きだと言われたわけでもない。

ベッドで睦《むつ》み合い、互いの胸に痕《あと》を残して笑ったではないか。あの時、確かに愛情を感じていたではないか。

落ち着け。

穴に嵌《は》まるな。

正常に物事を考えろ。

松永さんは仕事だと言った。仕事だから会えなかった。メールや電話が来なかったのも、仕事が忙しかったからだ。

こちらから連絡したらすぐに返信はあった。

祐吾さんは従兄弟だと言った。従兄弟ならば一緒に食事に行ったり、泊まったりしてもおかしくはない。

……ではどうして、彼等が俺の夢の話をした？　俺の転生のことを他人に相談した？

身綺麗にして来いとか、必要だとか言った？

説明もなく、目も合わせず、笑みも浮かべなかった理由は何だ？

猜疑心《さいぎしん》に捕らわれてはいけないと思いつつも、解けない疑問が残ることを否《いな》めない。

透き通った水のはずだったのに、コップから零してみたら底には砂が残っていた。もう一度水を注いでも、その砂は溶けることもなく沈殿している。

『どうして』

という言葉と共に。

別の誰かの手を取るのなら、はっきりと言って欲しい。

どの恋も円満な終焉《しゅうえん》を迎えるわけではないとわかっている。

曖昧《あいまい》なままにしないで欲しい。それはただ苦しむだけだから。

放っておかれると、松永さんほどの人が俺なんかで満足するはずがない、なんて悪い思考が生まれてしまう。

祐吾さんは身なりからして彼と同じ世界の住人だった、あの人の方が松永さんには相応《ふさわ》しいのではないかと思ってしまう。

俺を愛しているなら、この苦しみから救い出して欲しい。

別の人を愛してしまったなら、いっそ早く俺を切り捨てて欲しい。

彼のことを疑うことさえ辛い。信じきれない自分を呪《のろ》ってしまう。

どんなに良い方向に考えを向けようとしても、その思考に落とし穴を見つけてしまう。

『それならどうして』と。

それが辛い。

自分では、答えが出せない。

自分だけでは、真実がわからない。

わかっているのは、松永さんをこんなにも愛しているということだけ。

妄想や想像や不安だけで、こんなに苦しんでしまうほど。

あなたが……、愛していると言ったんだ。

あなたが先に俺を好きだと言ったんだ。

自分との恋愛を考えてくれ、と。

なのにこのまま放置するのか、と身勝手な恨みすら浮かんでしまう。

答えをください。

俺に答えを。

どんな答えでも、あなたのくれる言葉だけを信じるから。たとえ事実が祐吾さんを愛していて、俺が二番目だったとしても、あなたが俺を愛していると言ってくれたら隠されたことに目を閉じてそれだけ信じるから。

違う、とはっきり言ってくれればもう疑わないから。

そうだ、と言ったら身を引くから。諦《あきら》めることも忘れることもできないけれど。

「松永さん……」

まだ途中だ。

答えは出ていない。突き付けられていない。自分は彼のくれるものを待とう。好きも嫌いも、まだ何も言われていない。

俺が悩んでいた時、彼は待っていてくれたじゃないか。

俺が、栗山さんと彼との間で、現実と夢の間で悩んでいる時、松永さんは急《せ》かすこともなく待っていてくれた。

それなら自分も待つべきだ。

たとえ、待っている時間がどれほど辛くても。

彼を、信じているから。

気が付けば、枕は涙でぐっしょりと濡《ぬ》れていた……。

翌日、出勤すると店の皆が心配してくれた。

俺は笑って、やっぱり食あたりでしたと伝えた。

出すもの出したらすっきりしたし、ちゃんと病院に行って薬も貰ったと嘘《うそ》をついた。

だが笑って見せたので、皆がその嘘を信じてくれた。

言葉で安心させるというのは簡単なんだな。

いつもの通り、淡々と仕事をこなしていると、皆は昨日の俺のことを忘れてくれた。

ランチタイムを終え、夕方になり、大きな窓から差し込む強い光を和らげるためにシェードを下ろして回る。

強いオレンヂ色の光を宥《なだ》めて、人工的な明かりに入れ替える。入れ替えると言っても、まだ外からの光は十分で人工の明かりは用をなしていない。

曖昧な光源。

時間が経《た》てば、陽は沈み、天井から下がるシャンデリアが煌々《こうこう》とその役割を果たすだろう。

今が曖昧でも、時間が経てば、答えは出る。

「いらっしゃいませ」

という声を聞いて顔を向ける。

ズキリと胸が痛む。

「松永さん……」

思わず声に出してしまってから、慌てて口を閉じる。

彼は、俺を見た。

だが笑みはなかった。

水の入ったコップを持って、彼が席に着くのを待ってから近づく。

席は、いつもの窓際の席だった。

「いらっしゃいませ」

と声を掛ける。

「カプチーノを」

「かしこまりました」

メニューも見ずにオーダーされ、すぐに離れる。

オーダーを通し、彼に背を向ける。

彼に目を向けると、人前でありながらじっと見つめてしまいそうだったから。

「はい、できたよ」

カプチーノができあがると、それを持って再び彼の下へ。

何か言ってくれるだろうか?

微《かす》かな期待を持って近づく。

「昨日は……」

カップを置く前に、彼が口を開いた。

「途中から姿が見えなかったな」

「失礼いたしました。ちょっと体調を崩しまして」

「体調を？　大丈夫かい？」

心配そうな声と視線。

「食あたりだったみたいです」

それに安堵して少し笑う。

「もう平気です」

「そうか……」

「お従兄弟様にも失礼をいたしました」

「祐吾？　ああ、あれはあいつが悪い」

「とんでもない、驚いたとはいえ対応できずに失礼しました」

「少し機嫌が悪かっただけだ。本当に気にしないでくれ」

彼の非礼をあなたが謝るんですか？

胃の辺りがきゅうっと締め付けられる。

でも従兄弟であることは否定しなかった。

「明日は……、休みだったな」

「はい」

「そうか……」

それに続く言葉がなかったので、俺は一礼して離れた。

何か、もっと話して欲しかったけれど、会話は終わり。もう呼ばれることもなかったのでそのまま他の仕事をする。

でも耳はずっと彼に向けていた。

追加オーダーや水のおかわりを頼まれたら、自分が一番に行けるように。

松永さんが自分の担当であることは皆知っている。聞き逃しても『呼んでるぞ』と言ってもらえるだろうけど。

一杯のカプチーノを、ゆっくりと時間を掛けて味わっていたが、結局呼ばれることはなく彼は立ち上がった。

レジはマネージャーが担当なので、会話するチャンスはもうない。マネージャーが不在なら、俺ができるのに。

顔が見られただけでもいいじゃないかと言い聞かせながら、さりげなく彼がレジへ向かう道すがらに立つ。

彼が横を通る時に何か言ってくれないかと期待して。

そして、その期待は叶《かな》った。

「『メダム』で待ってる」

時間の指定もなく、ただその一言だけをさりげなく呟《つぶや》いた。

短い言葉に、ビッと背筋が伸びる。慌てて彼の背を見たが、何事もなかったかのように彼は会計を済ませて出て行った。

「今日の松永様、何か変だったな」

同僚が俺の隣に立って言った。

「そうかな」

「いつももっと穏やかだし、お前とも色々話すじゃん。笑顔もなかったし」

「うん……」

他人が見てもそう思うのか。

「もしかして、会社で色々あるのかね。あの人社長だろう？」

「ああ」

「相談に乗ってやればよかったのに。いつも結構話してるじゃん」

「そうだけど、話しかけられないとこっちから何かあったんですかって訊くのもおかしいだろう？」

「でもあの人、ずっとお前のこと見てたぜ」

「え？　本当に？」

「ああ。きっと相談したかったんだよ」

それなら呼んでくれればよかったのに。そしたらすぐに駆け寄ったのに。

でも、メダムで待つと言ってくれた。

俺の立場もあるから、店ではなく外で待ち合わせることにしてくれたのかも。

メダムは、この近くにある古い喫茶店だ。

そこで会うということは、自分と彼はプライベート。店内に客がいても注視されるわけではない。

俺が遅番であることは知っているし、時間の指定がなかったということは仕事が終わったらすぐに来いということかもしれない。

「いらっしゃいませ」

客が入って来たのか、隣にいた同僚はそう声を出して俺から離れた。

僅《わず》かかもしれないけれど、動きはあった。

彼は俺に何か話をしてくれるつもりはあるのだ。そう思うと少しほっとした。

『別れ話かも』

ふいに、頭に響いた声に身体が凍る。

不安をかき立てる内なる自分の声が、期待に水を差す。

会って、話をするかといっていい話とは限らない。悪い話だってあるんだぞ、と。

大丈夫。さっきだって声を掛けてくれないかと期待して、ちゃんと叶ったじゃないか。今度だってちゃんと望む通りになる。

彼は自分に説明をしてくれるつもりなのだ。

昨日の気まずさを謝罪して、あの祐吾さんのことも説明してくれるはずだ。別れるつもりなら、ここへ来なければいいだけだもの。

いや、彼の性格ならきちんと説明してから別れるつもりなのかも。

消えかけた不安がまた頭をもたげてくる。

会えないということが、言葉を交わさないということが、これほどまでに不安を煽《あお》るのだと思い知る。

拭い去ろうとしても拭い切れない不安を抱えたまま、俺は仕事を続けた。

呪文《じゅもん》のように『大丈夫』『松永さんだもの』『大丈夫』と心の中で繰り返しながら。

定時で上がり、ロッカーで着替えを済ませて足早にホテルを出る。

夜の空気も寒くなってきたなと感じながらもメダムを目指す。

思えば、栗山さんとの話し合いもあの店だった。

コーヒーをメインとした古い喫茶店。駅から離れているから客は少ないが、豆の種類が豊富なので豆だけを買いに来る客が多い。

ホテルのオープンなカフェでは話し辛い人々が、ちょっと足を伸ばして憩いを求める、そんな店だ。

手動のドアを開け、中に入ると、松永さんがそこにいた。

「お待たせして、すみません」

謝罪して座ろうとすると、彼は手でそれを制した。

「出よう」

「え、でも話があるんじゃ……」

「ここじゃまずい」

それってどういう意味です?

こんなに静かな店なのに。

他の客も今は一組しかいなくて、丁度いいじゃないですか。

「どちらへ?」

手早く会計を済ませた彼は、俺の横を通り過ぎて、たった今俺が入って来た扉を開けた。

「私のマンションだ」

振り向きもせずそう言うと、そのまま出て行ってしまった。

慌てて後を追うと、彼は外で待っていた。

「悪いな、急かして。長居し過ぎて気まずかったんだ」

そういう理由かとほっとする。でも長居って、いつからあそこに居たのだろう。まさか、さっきグロリアを出てからずっとあそこに？

問いかける前に、彼が歩きだす。

今日はとことん待ってはくれないようだ。

向けられる背中にまた不安が募る。

付いて行くと、近くに彼の車が駐車していた。

一瞬、中に祐吾さんがいるのではと足が止まったが、そんなことはなかった。

いや、でも彼のマンションに行ったら、彼が待っているのかも……。

「乗りなさい」

促されて助手席に乗る。

シートベルトをしながら疑問を口にしてみる。

「先日の……、祐吾さんがお泊まりなんじゃないんですか？　俺が行って大丈夫ですか？」

「祐吾はホテルに移ったから『もう』いない」

『もう』という言葉に引っ掛かる。

「ずっとお泊まりだったんですか？」

「ああ、二週間ぐらいかな」

エンジンがかかり、車が静かに走りだす。

二週間。

「随分と長くお泊まりだったんですね」

「こっちに家がないから仕方なく、な」

「家がない？」

「あいつはアメリカに住んでたんだ。こっちへ呼んだばかりでね」

呼んだ。

つまらない一言にいちいち引っ掛かってしまう。

「家を見つけるまでという約束で置いてやってたんだが、いつまで経っても甘えてばかりだからな。昨日のこともあるし出てってもらった」

「昨日のこと？」

「……カフェで変なことを言い出しただろう」

それは恋人だって言ったこと？

だとしたら、俺をからかったから？　人前でゲイだとバラしたから？

その説明はなかった。

松永さんのマンションはホテルからそう遠くないところにあるので、話をしている間に到着した。

彼のマンションは、一度来たことがある。

前はタクシーで来て、正面玄関から建物に入った。だが今日は自家用車なので地下の駐車場に入り、車を降りるとそのままエレベーターで部屋へ向かう。

住民専用のエレベーターは電子キーを翳《かざ》すとそのまま部屋のあるフロアへ直行する。勝手に他の階に行けないようになっているのだろう。

松永さんのマンションは、苦手だった。

この部屋の合鍵も貰っていたが、使ったことはない。

あまりにも豪華で、気後れしてしまうからだ。彼と自分の住む世界が違う、と思い知らされてしまう。

ワンフロアに一部屋だけ。ドアを開ければ大理石の通路。

リビングには黒いレザーのソファに街を見下ろす大きな窓。

前来た時と殆《ほとん》ど変わらないが、壁に掛かっている絵が変わっていた。

前はリトグラフだったけど、今度はエッチング？　線の細かい絵だ。

ここに、あの祐吾さんがずっといたのか。彼の気配が残っている気がして、胸の底がチリリと灼《や》ける。

今にも扉の向こうから顔を出しそうで、心臓が痛む。

「座っていいよ。コーヒーでも飲むかい？」

「いいえ」

「じゃ酒は?」

「……いただきます」

アルコールを入れるのはどうかと思ったのだが、落ち着くために少し飲みたかった。

「私もそうしよう。コーヒーは飲み過ぎた」

彼が一旦姿を消し、すぐにワインのボトルとグラスを持って戻ってくる。

「白でいいか?」

「何でも。お注ぎしましょうか?」

「私がやるさ」

松永さんはソファに座った俺のすぐ隣に腰を下ろした。

ソムリエナイフで器用にコルクを抜き、明るい黄金色の液体をグラスに注ぐ。

互いにグラスを持ったけれど、乾杯はしなかった。俺はしてもよかったのだけれど、グラスを持った途端、彼が一気に呷《あお》ってしまったから。

遅れて自分も口を付ける。

とても美味しいワインだったけれど、口を湿らせるだけでグラスを置いた。

「祐吾さん……、本当に従兄弟なんですか?」

いつまでもぐるぐるしているくらいならさっさと訊いてしまおうと思い、初《しょ》っ端《ぱな》から一番訊きたいことを口にする。

松永さんは、少し驚いた顔でこちらを見た。

「……新しい恋人ではなく？」

核心を突くと、彼は目を大きく見開いた。

それはどちらの表情だろう。『どうしてそれを？』『何を言い出した？』

「恋人？」

と言ってから、軽く笑う。

「ああ、あのセリフを気にしていたのか。彼は本当に私の従兄弟だ」

緊張していた全身の力が抜ける。

泣きたいほどの安堵感。泣かなかったけど。

「彼がゲイなのは本当だ。アメリカで恋人と暮らしていたが別れてね。経理事務所で働いていたんだが、別れを機会に日本に戻りたいと言ってきた。それで私の会社で働かないかと誘ったんだ。丁度ウチの経理の女性が産休に入るので」

「そうだったんですか……」

「あの暴言は、あちらの会社を辞める時に同じ日本人からゲイであることを色々と言われたので気が立ってたんだろう。恋人と別れたばかりだったし」

なるほど、だから俺が驚いたのが気に食わなかったのか。

自分とトラブルを起こした人間を思い出して。日本がＬＧＢＴ後進国と言ったのも、同じ日本人からの攻撃を受けたからに違いない。

「ただ、その同僚の日本人とのトラブルで突然会社を辞めたんで、まだ揉め事が残っていてね。ウチに入社するのにはまだ時間がかかるからと、こちらに来てから暫くは気分転換に付き合ってたんだ」

「そうだったんですか」

訊いてよかった。

わかってみたらそう大したことではなかった。

でも、もう一つ聞いておかなければならないことがある。

「祐吾さんに……、俺の話をしたんですか?」

「いや、まだだ。それは蒼井の許可を取ってからでないと話せないし……」

話せないし……、のところでまたワインを手酌で注ぎ一気に飲み干す。

「付き合ってる、ということじゃありません。俺が前世の夢を見てるということを、です」

これもまた核心を突いて質問する。

会えなくて、話せなくて、悶々《もんもん》としていると悪いことばかり考えてしまう。自分が黒くなって、不安の闇に堕《お》ちてしまう。

だからちゃんと聞きたい。

「店で、彼が話をしているのを聞きました。転生という言葉を使ってましたよね」

『まだ気にしてるのか？　ばかばかしい』

『転生なんてばかばかしい』

『今そういうの流行ってるんだっけ？　現実に満足できない子供の考えだよ、気持ち悪い』

目の前で、松永さんの顔が蒼《あお》ざめる。

明らかに訊いて欲しくなかったという顔だ。

「俺のことを、あの人に何て話したんです？」

静かに問いかけたが、彼からの返事はなかった。

質問はした。後は彼からの答えを待とう。

気が付けば、また口の中がカラカラになっていたので、ワインで舌を湿らす。

自分達の関係に歪《ゆが》みがあることに気づいてしまった。

ただ距離を置いただけでなく、何かが歪んでいる。

気持ちが悪いと言ったのは祐吾さんだが、もしかして松永さんも気持ち悪いと思っているのだろうか？

考えると胸が痛い。

ばかばかしいと笑い飛ばしているうちはいい。けれどいつまでそんなことを言ってるんだと思われたら……。

信じてくれたと思っていたけれど、信じていなかったとか。信じているからこそ、他の男との恋愛を語ることに嫌気がさしたとか。

そういうことか?

「蒼井は、まだあの夢を見ているのか?」

随分経ってから、松永さんは沈黙を破るように問いかけてきた。

「……時々」

嘘はつきたくないので正直に答えるが、上手く呼吸ができなくて息苦しい。

新しい恋人ができたから別れるのではなく、自分が前世だ姫だと言っているのが嫌になって別れるのでは、という考えに囚われる。

「どんな夢だ?」

だって、彼から漂ってくる空気はとても重苦しくて、圧がある。

「どういうって……。色々です」

「塔の上から身を投げた、だったか?」

「……はい」

「それ以外は?」

目が合わない。

会話は続くが、彼の目はまた新しく注いだワインにだけ向けられている。軽くグラスを揺らし、波打つ水面だけを。

「庭を歩いたり、パーティに出たり……。大した夢じゃありません。それに、それは『俺』のことではないですし」

「そうだな。蒼井は男だしな」

「ええ。前にも言ったかと思いますが、俺はエルミーナではありません。お姫様じゃなく、蒼井未来です。自分が好きな人は間違えません」

　俺が言うと、微かに彼の唇が震えた。その理由はわからないけれど。

「その男に……、グレンに贈り物をしたりとかしなかった？」

「贈り物？　いいえ、特に」

　何故そんな質問を、と思いながら答えた時に、つい先日見た夢を思い出した。

「ああ、ハンカチーフに刺繍をして贈ったことはあります。でも俺は刺繍なんかしたことありません」

　そう言うと、僅かに安堵を見せていた彼の顔が明確に引きつった。

「……ハンカチーフに刺繍？」

　そしてこちらを見る。

「図柄は？」

　どうしてそんな絶望的な顔をしているのだろう。

「え？」

「刺繍の図柄は？」

グラスをテーブルに置き、俺に摑《つか》みかかる。

「た……盾と剣です……、確か」

「剣は盾の前でクロスさせた？」

「……はい」

どうして彼はそんなことを知っているのだろう。というか、何故そんなことに拘《こだわ》る？

松永さんは俺から手を離し、バリバリと両手で頭を掻《か》いた。整えられた髪がボサボサになるのも構わずに。

最後には、頭を抱えて呟いた。

「どうしてお前は……」

俺？

「狩りの名手の……メナム伯爵から子犬を貰う時、グレンが一緒だった」

「そ……れは知りません。その名前も。城に犬はいたと思いますけど……」

「では、エルミーナの従兄弟はレオンという名前だった」

それは覚えがある。従兄弟と言っても母方だから王家の人間ではなかったはずだけれど。

「……はい」

「いつも、その男がエルミーナのパートナーだった？」

「……はい」

「だが彼の婚約発表の日に、エルミーナの手を取っていたのはグレンだった？」

従兄弟の婚約発表の日だかどうだかはわからないけれど、グレンとの婚約が整う前に一度だけ彼と踊ったことは覚えている。彼女の切ない喜びの感情も。

でもどうして？

俺はそんなこと松永さんに話したことはないのに。

「松永……さん？」

名前を呼ぶと彼がゆっくりと顔を上げた。

苦しそうな表情で、俺を見ていた。

「どうしてお前は簡単に答えを出せたんだ……。それを嬉しいと思いながら、自分の不甲斐《ふがい》なさに打ちのめされる……」

彼は深いため息をつき、乱れた髪を掻き上げながら、俺を見た。

真っすぐな強い瞳に心の奥底が揺れる。

この顔を、俺はどこかで見たことがある。

松永さんを、ではない。この眼差《まなざ》しを、だ。

「エルミーナ……」

それは俺の名前ではない。

なのに声に熱が籠《こ》もる。

自分の名前ではないのに、心が揺れる。

「私が、グレンだ……」

まるでそれが罪であるかのように、彼が宣言した。


暫く前から、騎士と姫の夢を見るようになった。

起きても覚えている夢。

最初は蒼井の話を聞いて、もしも蒼井がエルミーナであるならば自分がグレンでありたいと願っているのかと思った。

栗山と蒼井、二人だけの共有の秘密が羨ましくて。

自分もそれを共有したいという願望を夢に見ているだけだろう、と。

けれど、それはだんだんと頻繁になり、自分の気持ちもそれに寄り添うようになった。

抱き合って眠った夜、隣に眠る人の顔を見て『ああやっと手に入れることができた』と涙が零れそうになったこともあった。

もう何度か抱いた後だというのに。

女性ではない平坦な胸を見て、触れて、今自分の目の前にいるのは男の蒼井未来であってエルミーナという姫ではないと確認もした。

口づけの痕を残したのは、確かに男の胸だ。

なのにまた夢を見る。

蒼井の口から、ドレスだの騎士だのという言葉が出れば、それだけで動揺した。

自分がグレンの生まれ変わりだとは思っていなかった。なりたいとも思っていなかった。むしろ、万が一生まれ変わりならグレンに自分が乗っ取られて、松永竜一をグレンで上書きされているのではないかと思った。

生まれ変わったらもう一度と願って共に身を投げるほど愛した女性がいるのだから、その女性の居場所がわかったら、彼女が今愛している者を知ったら、自分がそれになろうとしているのではないか、と。

自分は蒼井を愛している。

エルミーナを愛したわけではない。

なのにグレンになってしまったら、自分が消えてしまうのではないかと思うと怖かった。

だから、落ち着くまで蒼井と距離を置くことにした。

エルミーナから離れれば、グレンは消えてくれるのではないか、と。

だが、距離を置いても夢を見た。

加速度的にその回数は上がり、毎晩になった。

だが松永竜一としての行動に支障はない。それどころか、自分が今まで自然にしていた行動や癖が、夢の中で見たグレンと同じであることに気づいた。

妄想のグレンが松永竜一を乗っ取るんじゃない。

松永竜一がグレンなのだと思うまで、時間はかからなかった。

仮住まいを提供していた従兄弟の松永祐吾と飲んだ日、深酒をしてついにそのことを口にしてしまった。

自分には前世があり、生まれ変わりかもしれない、と。

もちろん、笑い飛ばされた。それどころか真剣に心配された。仕事が忙し過ぎるんじゃないか、と。もしかしたら祐吾が新しい住まいを探さずに同居を続けていたのは従兄弟を心配してのことだったのかもしれない。

否定されても、受け入れるしかないと思うところまで来た時、突然不安が生まれた。

蒼井未来を愛しているのは、誰だ？

エルミーナを求めるグレンか？　蒼井を愛する松永か？

以前、騙《かた》りではあったがグレンが現れた時、蒼井は悩みながらもきっぱりと自分を選んでくれた。

だが今の自分は？

蒼井は男性を愛するタイプではなかった。なのにそれを乗り越えて自分と付き合ってくれた。グレンという対象が現れても、ちゃんと考えてきっぱりとした答えを出した。

けれど自分は男性を愛することに壁などなかった。好きだと思ったから声を掛けた。見ていて明るく穏やかな蒼井を好きだと思ったけれど、そこにエルミーナの影は感じなかったのか？気づかないうちに自分の中のグレンが蒼井の中のエルミーナを求めていたのではないのか？

だとしたらあまりにも蒼井に対して失礼だ。

彼は『自分はエルミーナではなく蒼井未来です』と宣言したのだから、自分が愛する者は蒼井でなければならない。

なのに……。

すぐに答えが出せなかった。

本当に自分がグレンなのかの確証すらない。あくまで『だと思う』だ。そんな中で曖昧なまま蒼井の手を取ってもいいのか？

怖くて、近づけなかった。

『あなたの愛したのは俺じゃなかったんですね』

と言われるのが怖かった。

ごまかしたままでは嫌われてしまうかもしれないと思うと、会えなかった。

だが、エルミーナであることを受け入れた蒼井の知らない事実を、蒼井が話してくれていない騎士達のエピソードを知っていたことで、やっと今本当に全てを受け入れることができた。

「私が、グレンだ……」

自分の『正体』を。


そこまで語ってから、彼はがっくりと肩を落とした。

「蒼井は決断できたのに、自分は決断できていない。誰を愛しているのか、自信を持って言えない。その不甲斐なさには呆《あき》れ果てる」

俯《うつむ》いたまま、手が伸びて、求めるように俺の手を握る。

力の込められた手は、少し湿っていた。

この人は……、何て誠実なのだろう。

隠していても、騙《だま》してもよかったのに、全てを吐露してくれる。しかもそのことで悩んでくれている。

自分がグレンだからよかったな、では済ませない。

俺が答えを出したから、自分もそうしなければと今日まで向き合ってくれていた。

今もまた、申し訳なさそうに身を屈《かが》め、自分の膝《ひざ》の間に頭を落として丸くなっている彼の姿が切ない。

泣いているのではないか、と思ってしまう。

彼の苦しみはよくわかる。自分が通って来た道だから。

でもまさか、この強い人が同じように、いや、それ以上に悩んでいるとは思わなかった。それだけに丸まった彼が愛しくて、愛しくて、堪《たま》らなかった。

「松永さん……」

その背中に手を置くと、ビクッ、と彼が震えた。

そのまま背中に頭を載せて、頬を擦り寄せる。

「ありがとうございます……。そして、よかった」

「よかった？」

「別れるのかと思ってました。わっ……！」

巨大な卵を抱くようにしていた俺の身体が弾《はじ》かれる。彼が身体を起こしたから。

「別れる？」

松永さんの手が、俺の両の手首を摑む。

「そんなことは許さない！」

怖いくらい真剣な眼差しに気圧《けお》されて言葉が出ない。

「もう少し……、もう少しだけ待ってくれ。必ず心に決着をつける」

懇願するような、宣言するような言葉。

「だから別れるなんて……」

喉《のど》の奥から絞り出すような声に、こちらが苦しくなってしまう。

そういうつもりで言ったんじゃないのに。

別れるなんて、自分だって考えられないのに。

「もう待たないです」

「蒼井」

手首を引き寄せられ、彼の胸に抱かれる。

あまりにも強い力だったので、硬い彼のスーツの胸に顔をぶつけてしまった。

「不甲斐ない私が嫌いになったか？　迷う私が情けないか？」

「ち……、違います」

「自分が誰だかわからなくなっても、お前を愛してることだけは変わらない。それだけは信じて欲しい」

「信じてます」

そう言うと、抱き締める彼の手が少し緩まった。

ほんの少しだけ。

「本当に？」

「はい」

こんなこと考えてはいけないのだけれど、必死にも思える彼の姿が可愛《かわい》いと思ってしまう。

「なら何故別れるなんて……」

「別れると『言われる』のではないかと思ったんです。ずっと会ってくれなくて、連絡もなくて、祐吾さんという人が現れて。俺よりあの人の方を好きになったのではないかと」

目が『ないない』と語っているが、このまま続けよう。

「悩んでくれてるのはとても嬉しい。真摯《しんし》に向き合ってくれようとするのも、とても嬉しいです。でも、何も言わずに距離を置かれてしまったら、とても悲しいです」

「それは……」

「全部、話して欲しかった」

項垂《うなだ》れてしまったのか、彼の頭が俺の肩に乗る。

「寂しかった、会いたかった、怖かった。このままずっと会えなかったらどうしようと不安でした」

「……すまない」

肩口で沈んだ声が響く。

「だから、もう待ちたくありません」

俺からも、腕を回して彼を抱き締める。

「俺が、エルミーナであっても蒼井未来であっても、俺のことを愛してくれますか？」

「当然だ！」

「それなら、俺だってあなたがグレンでも松永竜一であっても、あなたを愛してます」

「しかし……」

「俺の中にエルミーナがいるとしても、あなたの中にグレンがいるとしても、それを引っくるめて『自分だ』と思えばいいじゃないですか。上手く言えないけど……、俺だけがエルミーナを持っていてグレンじゃないあなたに愛されるのは複雑です。でもあなたの中にもグレンがいて二人が愛し合っていて、俺と松永さんは『それとは別に』愛し合っているならそれでいいんじゃないかと思うんです」

自分から、目の前にある彼の唇に唇を重ねる。

そっと触れただけの柔らかな感触をすぐに離して続ける。

「何より、悩んで離れてしまうくらいなら、その方がいい。もう……、松永さんと会えないのは辛い。あなたも、俺が悩んでいる時に同じ気持ちを抱いたなら、わかるでしょう？」

我慢してくれていた。

自分が同じ立場になって、初めてその時の辛さがわかった。

会いたいのに会えない。愛しているのに。

そんなばかばかしいことはない。

嫌われたなら仕方がないけれど、そうでないのなら一緒にいて解決する方がいい。

「それにね、人生って案外短いんです」

若くして死を迎えた姫と騎士。

自分達だって、明日生きているかどうかわからない。事故や病気で命を落とすことだってあるかもしれない。いつだって、一秒先は生か死かの二択の連続でしかないのだから。

「グレンとしてお前を愛してる私でもいいのか？」

「そう決まったわけではないのでしょう？　もしそれでも悩んでいるなら、俺が松永さんを愛してるから、応えてください。生まれ変わっても俺を幸せにしてくれるんでしょう？　俺の幸せは、松永さんに愛されることです」

微笑むと、今度は彼の方から激しい口づけをされた。

激情をそのままぶつけるような、深く激しいキスだった。

抱き合って、ほんのりワインの味が残る舌を絡ませる。

乾いていた口の中が、彼で濡らされる。

「悩むなら、俺の側で悩んでいてください。もう……、離さないで」

唇は離れず、互いに頬や鼻や唇に擦り合わせる。どうして溶け合ってしまわないのかというように。

「あなたがグレンでよかった。俺が夢を見ても、前世を思い出しても、他の人に惹《ひ》かれることを恐怖しないで済む……」

彼の腕の中に閉じ込められて、安心する。

力加減すらしてくれない強い力で抱き締められて、安堵する。

よかった、この人は離れていかなかった、と。

まだ愛されていた、と。

軽く体重をかけられただけで、自分からソファに仰向《あおむ》けに横たわる。松永さんも俺を抱いたまま倒れてくる。

広いソファは仮眠ができるほど幅がゆったりしていて、横になっても身体が落ちる心配は不要だった。

着ていたシャツを引っ張られ、捲《まく》り上げられる。

女性らしい膨らみのカケラもない平坦な胸にキスが降る。

起伏のない胸の真ん中に、また痕が残される。

自分も、と思ったけれど彼の猛攻で手が出せない。

飢えていたかのように、松永さんが俺を貪《むさぼ》る。

実際、飢えていたのかもしれない。

ずっと悩んで、愛してくれていたのに距離を取っていたのだから。自分が会いたいと思うくらいに、彼も会いたいと思ってくれていただろう。

自分が触れたいと思うくらいに、触れたいと思ってくれていただろう。

長いようで短い時間。一生ではなかった。

一カ月には満たない程度だ。

それでも、毎朝微笑みを交わしていた自分達にとっては、短いようで長い別離だった。

「あ……」

胸の先を摘まれ、弄《いじ》られる。

ここだけは女性も男性も違いはない。

既にふくっと硬く膨らんだ乳首を両方刺激される。

爪で引っ掻いたり、指でこねたり。

その間にも上半身にはキスの雨が降る。

彼に愛される悦びを知っている身体は如実に反応し、スキニーパンツの中が硬くなり痛むほどだ。

それでも彼はそこに触れず、胸ばかりを嬲《なぶ》った。

焦《じ》らされて、熱が上がる。

顔が熱くなる。

「ふ……っ」

彼を受け入れたことがある場所がヒクつくのがわかる。

まだパンツを穿《は》いたままなので、それを気づかれていないのが幸いだった。

「松な……」

下も触れて欲しいという要望を込めて彼の名を呼んだが、伝わらなかった。伝わっていたとしても、無視された。

胸から片方の手が離れたので、下に伸びてくれるのか期待したが、その手は乱れた髪に触れ、そっと耳にかけただけだった。

それだけでもゾクリとする。

耳に触れたせいで俺が反応したと気づいて、指が耳を撫《な》でる。

「ン……」

ゾクッ、として鳥肌が立つ。

耳の形を確かめるように動き、穴の中に指が入る。乱暴に突っ込まれたのではなく形をなぞった終点として奥に差し込まれたという感じの動きは、また肌を粟立《あわだ》たせた。

「……クッ」

自分も何かしたいのに、何度も押し寄せる快感の波に耐えることに必死で、身が縮こまる。

相手は恋人なのだから耐える必要などないのに、力が入ってしまう。

「は……ぁ……。くすぐった……っ」

それだけではないのだけれど、そう言って制止を試みた。

すると手は耳の後ろから項《うなじ》を通って下へ伸びていく。

やっと下に触れてくれるのかと思ったら、パンツを脱がさないままそこを撫でられた。

「アッ!」

男としての快感がざわりと全身に広がる。

「待って……、前を……」

開けて出させて。

でないと服の中でみっともないことになってしまう。

「ベッドに行こうか?」

はい、と言おうとした唇が止まる。

「蒼井?」

てっきり頷《うなず》くと思っていたのだろう。彼の方も不思議そうな声で俺の名を呼んだ。

「ここで……、いいです……」

「ここで?」

「汚すから……ダメですか?」

「いや、構わないが……。最後までするよ」

「はい」

「なのにここでいいのか?」

「……はい」

「どうして？」

自分の考えが浅ましくて、腕で顔を隠す。

「だって……今朝までいたんでしょう？」

「今朝まで？」

「祐吾さん……」

ふっと笑う声が聞こえた。

「あいつがいたのは客室だ。お前を連れて行くなら私の寝室だ。私の寝室には祐吾は入っていない」

嫉妬《しっと》してるってわかってしまったんだろうな。

子供じみた焼き餅《もち》だって。

「それでも……、ここでいいです……」

マーキングのように、この部屋で一番最初に他人が足を踏み入れる場所を『自分達の』場所にしたい。

祐吾さんが過ごしたであろう場所に自分の痕を残したい。

「可愛過ぎるな……」

今度ははっきりと笑い声とわかるものが聞こえて、恥ずかしくなる。

股間にあった手が、もう一度布の上からするっと撫で、俺が声を上げる。

もう限界なくらい硬くなってるとわかって、やっと彼がファスナーを下ろして前を開けてくれた。

ズキズキする股間を押さえ付けるものがなくなって少しほっとする。

そのまま彼はボタンも外し、下着と一緒に引き下げると、中から勃起《ぼっき》した俺のモノを引きずり出した。

もう、彼の手を借りなくてもいいほど頭をもたげたモノを。

「……あっ！」

そして咥《くわ》えた。

「松永さ……っ」

先を舌で濡らし、鈴口を割る。

零れた雫を掬《すく》うようにぺろりと舐める。

肩甲骨の辺りがざわついて、掻《か》き毟《むし》りたいくらいだ。

それから全てを口に含み、舌を使って愛撫《あいぶ》する。

もう我慢ができなくて、顔を覆っていた腕を伸ばして彼の頭を捕らえた。

「離して……」

懇願したのに、舌は止まらない。

先端から根元までじっくりと濡らされる。

深く咥えられると先は彼の喉の奥に当たった。

暖かく濡れた場所。

しかも僅かに上顎《うわあご》の段になっているところに先が擦られる。

「あ……あ……ッ！」

我慢できずに、彼の口の中に先漏れが零れてゆく。

「腰を上げて」

「無理……」

「では手をここに掛けて」

左の腕を取られて背もたれにしがみつかせる。

右の腕はだらりとソファから落ちていたが、指先はソファの下に引っかけて力を込めていた。

快感に耐えるために。

両方の腕が身体を支えるようになったところで、彼が俺の腰を抱いて浮かせ、一気に下半身を剝《む》き出しにする。

既に全裸を見られたこともあるのに、下だけが無防備になったことが恥ずかしい。

勃《た》ち上がったものをまた舌がぺろりと舐める。

今度は先ではなく、根元の部分だった。

「んん……っ」

そのせいでまた露が零れた。

「少し待てるか？　準備する」

愛撫が止まったことにほっとし、無言のまま頷くと彼が奥へ消える。

その間に呼吸を整え、自分の姿を顧みる。

はしたない、と言うべきだろう。睦み合うべき場所ではないところでこんな醜態を晒《さら》してい
るなんて。

けれど欲しくて堪らなかったものを与えられるのならばどんな醜態を晒してもいい。

会えなくて一人悶々としているより。

「蒼井」

戻ってきた彼がソファの傍らに立ち、俺を見下ろす。

視線を感じると恥ずかしくなって、思わず脚を閉じて前を手で隠す。

「自分でしてはだめだよ」

「しません……っ！」

あらぬ誤解だとばかりに声を上げると、彼はふふっと嬉しそうに笑った。

「もっと早くに抱けばよかった」

「松永さん……？」

「簡単なことだ」

彼の手が俺のモノを握る。

強くではないが、温度の違う手に包まれればそれも刺激となる。

「これはお前にしか付いてないな」

……確かにそうなんだけど、身も蓋《ふた》もない言葉だ。

「なのに愛しい」

の言葉と共にきゅっと握られる。

「あッ」

「離れた間に萎《な》えてなくてよかった。もう少し我慢を」

俺はまだ捲られたシャツが残ったままだったが、松永さんは自分も服を全て脱いで、全裸になった。

彫像のように美しく引き締まった身体に欲情する。

確かに、俺は慎み深い姫ではないと思う。

「蒼井」

ではこの人は？

「あ」

俺の右の足首を摑み膝を曲げさせる。

空いていた手を、繋《つな》がる場所へと伸ばす。

松永さんが俺を抱く時は、いつも優しかった。

彼に抱かれる自分は、いつも恥ずかしがりながら受け止めるだけだった。

でも今は、長くあいた空白の時間のせいで相手に飢えている。

指が襞《ひだ》を探る。

「……ッ」

肉が指を拒むと、何かが零されてそこが濡れる。

濡れたものを纏《まと》って再び指が滑り込んでくる。

「あ……」

少し乱暴なほど動かされ、中が荒らされる。

「まつ……」

触られていない前が、いよいよ危なくなってくる。

摑まれていない左の脚がソファから落ちた。それが結果的に脚を開かせることになって、彼の指が自在に動くようになる。

ギリギリのところまで追い詰められた後に放置された前が限界を訴えていた。

「前……も……」

堪らなくなって強請《ねだ》るとちょっと身体を傾けてまた先を舐められた。

「違……っ」

もっとはっきりと触れて欲しい。

……イかせて欲しい。

彼は指で中を嬲るばかりで、望むものをくれなかった。

そのうち内側でも俺の欲望を司る場所を探り当て、更に責めたてた。

「アッ……！　や……っ、松な……が……っ」

「もう少し」

「だ……め……。や……っ」

全身に鳥肌が立っているのに、もう一度ざわざわと肌が波だって上書きされてゆく。一度じゃない、何度も、だ。

何度も何度もざわり、ざわり、と鳥肌が立ち、それ自体が愛撫のようだ。

紳士的で優しい騎士？　誰が？

これは、焦れて俺を求めている『松永さん』だ。

「い……。そこ……」

もっと欲しいと強請る俺のどこが姫のようだと？

彼等の本質がこうなのだとしても、そんなもの俺は知らない。

清いままで、口づけまでしか許されず来世を誓って抱き合うだけで満足して死を迎えた彼等とは違う。

「松永さ……、欲しい……っ」

彼に比べれば細いけれど、それなりに筋肉のある腕を伸ばして彼を求める。

目を向けると、ぎらぎらとした強い光を宿す瞳に一瞬優しい眼差しが掠めていったがすぐにまた求める欲になる。

「蒼井」

もう一度軽く中を荒らしてから指が引き抜かれ、彼が自分のモノを宛《あ》てがう。

足首を掴んでいた方の手も離され、両手で腰を捕らえてくる。

「松永さんが……、欲しい……」

他の誰でもなく、あなたが。この意味をわかってくれるだろうか?

「俺も蒼井が欲しい」

ああ、わかってくれた。

今、この瞬間、『俺』が求めているのは『松永さん』なのだと。

それが伝わって、嬉しくて、当てられた場所がヒクヒクと動く。

「お前を手放したくない。……手放せない」

手放さないで欲しい。

一緒にいるだけで満足しないで、今だけで満足しないで、求め合って、これからずっと側に

置いて欲しい。

「……アァ……！」

埋め込まれる感覚に、顎を反らしてのけ反る。

彷徨《さまよ》っていた手が、俺の腰を捕らえたままの彼の腕を掴む。

彼が何度も突き上げ、その度に深く穿《うが》たれる。

零れた快楽の露が、先端から流れてゆく。

「蒼井がいい」

身体の重みを使って、彼が深く俺を貫いた。

「あぁ……っ！」

奥まで一気に入り込まれ、頭の芯《しん》が痺《しび》れるほどの快感が走り抜ける。

限界を迎えていた前から、イッたという証拠が放たれてしまった。

絶頂を迎えて痙攣《けいれん》する俺の中で、まだ彼は俺を求めて動き、濡れた俺のモノを掴んで更なる刺激を与えてくる。

まだ許さない、というように。

「や……っ、あ……」

しっかりと繋がったことを確かめたのか、彼の手が俺の髪を掴んで頭を固定し、身体を折ってキスを求めた。

「……ンンッ！」

腰が浮いて、最奥に彼が当たる。

その瞬間、自分のものではないものが身の内を満たした。

こぷっ、という空気を含んだ水音が繋がった場所から聞こえた気がしたが、二人の荒い息遣いの中に消えた。

「そうだな……」

松永さんの声がする。

「悩んで離れるなんてもったいない」

それがだんだんと遠くなる。

「誰であっても、愛しい人を抱ける喜びに身を任せることが最優先だった」

もう一度されたキスは、優しく短いものだった。

けれどその感触すらも、揺蕩《たゆた》う意識の中に溶けて消えた。

ばたりと落ちた俺の腕と共に……。

住む世界が違う。

感覚も違う。

それは重々わかっていたし、緊張も遠慮もあった。

彼は大金持ちのセレブで、俺はしがないカフェのウエイター。

自分達の行為で汚したレザーのソファがイタリア製で二百万近くするものだと聞かされて瞼《まぶた》がなくなってしまうかと思うほど目を剝《む》いた。

しかも革は『濡らして』はいけないのだと知らされて、頭がクラクラした。

自分のエゴとくだらない意地で大変なことをしでかしてしまった、と。

「引っ越すから、引っ越しておいで」

それでも、その言葉を嬉しいと思った。

「この立派な部屋はどうするんですか?」

運ばれた彼のベッドの中で問いかけると、松永さんは平然と答えた。

「売るさ。私の部屋は皆投資目的だ。ここは祐吾を泊めたから嫌なんだろう?」

図星だけど頷《うなず》けない。

「離れずに、一緒にいよう。愛情と欲望を一緒にして、満足するまで側にいよう。『私達』はそれでいい」

他の『誰』と比べているのかを語らず、彼が言った。

「穏やかな時間も必要だろうから、そういう時だけ『昔』を思い出せばいい。だが、私は自分がそれほど行儀がよくないことを自覚した」

「それを言うなら俺もです。慎み深い人間ではないみたいです。欲も深いようですし」

「それはいい。お揃《そろ》いだ」

ベッドの中で引き寄せられ、額にキスされる。

激しい行為の後の優しい触れ合いに、これの方が恥ずかしくなってしまった。

「もう一度言うべきか？」

さっきの問いかけに答えを貰ってないことを思い出したのか、もう一度彼が繰り返す。

「引っ越すから、引っ越して来い、蒼井」

この腕の中にいることこそが幸福で、それを望むためには他を捨ててもいいと思える。

羞恥《しゅうち》も、不安も、緊張も、臆する気持ちも。

だから、俺は返事をした。

いつもとは違う名を口にして。

「はい、……竜一さん」

一瞬目を見開いた彼が、困ったように笑って赤くなった俺に頰を擦り寄せてくる。

「どこぞの騎士の名を呼ばれるより破壊的だ」

少しばかり目を潤ませ、本当に嬉しそうに。

「ありがとう……、未来」

愛した人に愛される幸運。
望んだものに手が届く喜び。
生まれ変わっても幸せにするという誓いを果たす。
自分の新しい人生を生きて、本当に心から愛する自分の者を見つける。
そのどちらをも叶えてくれる俺の愛する人と同じ時代にいる偶然。
それを奇跡と思える喜び。
彼が隣にいてくれるなら、少なくとも今世ではこう締めくくるべきだろう。

そして幸せになりました。
めでたし、めでたし……。

前世の『彼等』に贈る言葉も含めて……。

269　やり直してもホントの恋を

あとがき

皆様初めまして、もしくはお久し振りでございます。火崎勇《ひざきゆう》です。

この度は『愛を誓って転生しました』をお手にとっていただき、ありがとうございます。

イラストのミドリノエバ様、素敵なイラストありがとうございます。担当のT様、色々お世話になりました、ありがとうございます。

さて、今回のお話、いかがでしたでしょうか。

ここからはネタバレがありますので、お嫌でしたら後回しにしてくださいね。

松永と蒼井の恋、そしてグレンとエルミーナの恋。色々ありましたが、収まるところに収まった感じです。

前編で松永はグレンじゃないけど、蒼井は松永を選んだ、という形で終わりました。

でもここだけの話、後編のお話は三つ考えていたのです。

松永がグレンだった、松永はグレンじゃなくて他にグレンがいた、松永の正体ははわからないままで終わる。結局松永はグレンだったに落ち着きましたので、残りの二つの話は火崎と担当さんだけの秘密です。

もちろん、残りの二つもちゃんと松永と蒼井はハッピーエンドでしたよ。

で、これから二人はどうなるのでしょうか?

松永はスパダリなので、最初から二人暮らしを想定した新しいマンションに引っ越して蒼井と同居を開始します。

それまでの蒼井だったら『こんなにしてもらっていいのか』『身分が違うのでは』と躊躇《ちゅうちょ》するけど、今は遠慮して一緒にいる時間が減るのはもったいないと開き直ってます。

『今』がいつまでも続くわけじゃない。明日恋人が隣にいる保証なんてないと思ったので。

愛してるという言葉も惜しまず、して欲しいこともちゃんと言います。蒼井が肉食になるかも。もっとも絶対最後に喰《く》われるのは蒼井の方ですが。

しかし、愛に試練はつきもの。そのうち松永の仕事関連の男が君は松永に相応しくないと蒼井に嫌がらせしたり、接してるうちに蒼井に惚《ほ》れたりとか。

松永が前世を忘れると決めた後、前世で二人推しの騎士の一人が転生してて、蒼井の転生だけ気づいて『姫の相手はグレン様だけ!』とばかりに松永を排斥《はいせき》。それを恋愛と思った松永とバチバチになるけど、彼がグレンとわかって平身低頭で二人の応援宣言とか。

栗山とか祐吾とかまだ色々ありそうですが、二人の愛は不変です。(笑)

さて、そろそろ時間となりました。またの会う日を楽しみに。皆様御機嫌好う。

この本を読んでのご意見、ご感想を編集部までお寄せください。

《あて先》〒141－8202　東京都品川区上大崎3－1－1　徳間書店　キャラ編集部気付
「愛を誓って転生しました」係

【読者アンケートフォーム】

QRコードより作品の感想・アンケートをお送り頂けます。

Chara公式サイト http://www.chara-info.net/

■初出一覧
やり直すなら素敵な恋を……小説Chara vol44
（2021年7月号増刊）
やり直してもホントの恋を……書き下ろし

Chara

愛を誓って転生しました

……【キャラ文庫】

2022年12月31日　初刷

著者　火崎 勇
発行者　松下俊也
発行所　株式会社徳間書店
〒141-8202　東京都品川区上大崎 3-1-1
電話 049-293-5521（販売部）
03-5403-4348（編集部）
振替 00140-0-44392

印刷・製本
カバー・口絵　株式会社広済堂ネクスト
デザイン　Asanomi Graphic

定価はカバーに表記してあります。

ISBN978-4-19-901087-3

火崎　勇の本

好評発売中

「可愛い部下は渡しません」

イラスト✦兼守美行

食事やデートの誘いは断られ、毎日定時帰宅してしまう——部下で恋人の青山《あおやま》の不審な行動に、浮気を疑う眉村《まゆむら》。けれどそれは、隣家の子供の面倒を見るためだった⁉　付き合いたての俺だって、青山の手料理を食べたことないのに——小学生の風太《ふうた》相手に嫉妬するなんて情けない。眉村の葛藤をよそに、風太は青山を兄のように慕い懐いている。そのうえ、青山を奪われまいと一人前に独占欲を見せて⁉

火崎　勇の本

契約は悪魔の純愛
火崎　勇
You Hizaki
イラスト◆高城リョウ
おまえの美しい魂を味わえるなら、
私は10年でも20年でも気長に待つさ
キャラ文庫

好評発売中

「契約は悪魔の純愛」

イラスト◆高城リョウ

両親を轢き逃げした男は、俺が絶対に捜し出してやる――中学三年生の幼い心に、冷めない怒りと悲しみの炎を宿した律《りつ》。そんな律の前に現れたのは、悪魔だと名乗る美貌の男・黒川《くろかわ》。「お前の炎は誰より美しい」契約すれば何でも望みを叶えてやると誘惑してくる。悪魔の甘い囁きを何度拒絶しても、黒川は側を離れようとしない。そんな関係が続いて10年――ついに犯人の手掛かりを見つけて…!?

火崎　勇の本

エリート上司はお子さま!?
elite joushi ha
OKOSAMA!?
You Hizaki
火崎 勇
イラスト◆金ひかる
子供の姿にされなかったら、
お前の健気さに気づけなかった——
キャラ文庫

好評発売中

「エリート上司はお子さま!?」

イラスト✦金ひかる

この鳥居と稲荷狐を、動かすか取り壊せないものか——買付したい土地に建つ社《やしろ》に頭を抱える、不動産会社の課長・榎津《えのきづ》。その隣で古びた狛狐に手を合わせるのは、入社したての新人の福永《ふくなが》だ。「お前、こんな狐を信じてるのか?」思わずバカにした瞬間、神罰で子供の姿にされてしまった!?　台所のシンクも届かず、玄関ドアを開けるのも一苦労——不本意だけれど、福永に面倒を見てもらうハメになり!?